東京喰種:re

トーキョーグール T O K Y O G H O U L

Novel [quest]

原作 石田スイ 小説 十和田シン

re

登場人物紹介

佐々木琲世
ささきはいせ

クインクス班の指導者《メンター》を務める喰種《グール》捜査官。白単翼章《はくたんよくしょう》を授与されるほどの実力を持つ。料理が得意。過去の記憶を失っているのだが……。

米林才子
よねばやしさいこ

クインクス班の一員。強力な赫子《かぐね》を使いこなす。しかし仕事をしない。ゲーム大好き。寝るの大好き。少し太め。

フエグチヒナミ

『アオギリの樹』の構成員。極めて優れた感知能力を使い、メンバーをサポートする。アヤトと行動をともにすることが多い。

アヤト

『アオギリの樹』の幹部。SS級喰種『ラビット』と呼称され、〔CCG〕に甚大な被害を与えてきた。ヒナミを守護するように行動する。

鈴屋什造
すずやじゅうぞう

喰種捜査官。特異な戦闘法で圧倒的な戦果を挙げ続ける〔CCG〕の異端児。その能力とは裏腹に、お菓子好きで子どもっぽいところがある。部下から慕われている。

環 水郎
たまきみずろう

喰種捜査官。精鋭揃いの鈴屋班の一員。他の班員と同じく、什造を慕う。趣味は散財すること。下っ端として割と苦労している?

東京喰種《トーキョーグール》:re TOKYO GHOUL:re

伊丙
ハイル

● T O K Y O G H O U L

● 月山 習《つきやましゅう》

『美食家』の異名を持つ喰種。財閥の御曹司である。食のためには手段を選ばない、好戦的な男。元気な時はちょっとうるさい。

● 掘 ちえ《ほりちえ》

愛称ホリチエ。人間である。大学に通っているが、実年齢よりかなり幼くみえる。写真を撮るのが好き。月山とは高校の時からの同級生で腐れ縁。

● 伊丙 入《いへいはいる》

喰種捜査官。若くして特等捜査官・宇井《うい》のパートナーを務める優秀な女性。幼い頃から有馬に憧れ、彼に自分を認めてもらいたい。

● 有馬貴将《ありまきしょう》

喰種捜査官。『死神』の名を欲しいままにし、たった一人で戦況を覆す前代未聞の戦闘能力の持ち主。平時は天然なところがある。

● 丸手 斎《まるでいつき》

喰種捜査官。喰種対策Ⅱ課に所属。大規模な作戦の指揮を務め、特等の名に恥じぬ実力を持つが、歯に衣着せない物言いのため局員からは少しうとまれている。

● 田中丸望元《たなかまるもうがん》

喰種捜査官。ダンディーな髭と髪型が特徴的な特等捜査官。容姿に違わぬ豪快な性格だが、あることに悩まされている……。実家は寺。

東京喰種:re
トーキョーグール TOKYO GHOUL:re

Novel [quest]

TOKYO GHOUL:re

TOKYO GHOUL

#001
[quinquies]

Novel [quest]

:re

一

周知の事実ではあるが念のために伝えておくと、米林才子《よねばやしさいこ》はニートよりの捜査官である。

カーテンの隙間《すきま》から入る光が、うっすら茜《あかね》を差してベッドまで伸びてきている。刺激の少ない穏やかな色は、重いまぶたの下からのぞかせた目にすぐに馴染《なじ》んだ。しかし、脳を浸《おか》すまどろみを手放すのは惜しい。光から逃《のが》れるようにごろりと一つ寝返りをうつ。このまま二度寝といいこうじゃないか。

「んんん……」

ところが睡眠の過剰摂取《かじょうせっしゅ》で、もう腹一杯といった具合に脳みそがバツ印を掲げている。現実の感触が五感を撫《な》で始め、鳥の鳴き声が耳に届いた。これがスズメであれば目覚めるのにふさわしい朝を感じることができたのだろう。あいにく、けたたましく鳴いているのは、ねぐらに帰る夕暮れカラスだ。

　今まさに、十七時である。

　学校は終わり、お勤めの社会人も帰宅を意識する時間帯。今日という日が閉じ始めたこの時間に起きたのは、小柄なぽっちゃり愛されボディを自称したのち、デブの遠吠《とおぼ》えとしっかり自己ツッコミを入れることができる才子だった。

　こんな時間に起きるなんて、人として終わっていると言う人もいるだろう。ただ才子は、そんな一般論に対して「才子は人を超えた何か也《なり》……」と返せる寛容さを持っていた。そのうえ、ハマっているアプリゲームのメンテナンスが十七時まであり、その間、プレイできないので起きている価値がないという、一般人には理解できないだろう言《い》い訳《わけ》はしない。

メンテナンス時間は、延々とゲームをやり続けてしまうゲーマーにとって、配信先から与えられた強制休戦時間でもあるのだから、寝るのはもはや義務であるという説明も控えている。

才子は慣れた手つきでアプリゲーを起動した。

「メンテ明けのライブイベキター！　Ｓレアレシピ断固確保！　おいちゃん今回ばかりは課金勢に回ることも不可避ー」

棚にはフィギュア。壁にはポスター。テレビの脇《わき》にはアニメＤＶＤの山。

ニヤニヤ笑いながらスマホ画面をタップし続ける部屋着姿のふくよか女子が、人を喰《く》らう異形の存在〝喰種《グール》〟から人々を守る組織、Commission of Counter Ghoul《喰種対策局》、略して〔ＣＣＧ〕の捜査官だと誰が思うだろう。正直、当人である才子もその自覚があまりない。

しかも才子は〔ＣＣＧ〕の中でも技術の粋《すい》を集めた試みであるQs《クインクス》の一員なのである。

Qs《クインクス》。それを説明するには〝喰種《グール》〟の詳《くわ》しい説明が必要だ。

この世界には、人と同じ形をしながら人と異なる存在〝喰種《グール》〟がいる。彼らは人の血肉をむさぼることでしか生きていけない呪われた存在だ。また高い身体能力を持ち、体内に蓄積された高密度のRc細胞を使って〝液状の筋肉〟とも呼ばれる赫子《かぐね》を出すことができる。

彼らには刃物どころか銃さえも通じず、ただの人間では抗《あらが》う術《すべ》がない。

その〝喰種《グール》〟に対抗するために〔CCG〕は喰種《グール》の赫子《かぐね》を元に作られた武器、クインケを使用していたのだが、研究は進み〝喰種《グール》〟の力をそのまま体内に内蔵する実験が始められ、その成功体がQs《クインクス》である。

Qs《クインクス》は〝喰種《グール》〟の高い身体能力や自己治癒《ちゆ》能力、そして、形状が固定されがちなクインケとは違い、個人の能力で成長させることも可能な赫子《かぐね》の力を得て〝喰種《グール》〟と戦うのだ。〔CCG〕の最先端技術。上層部からも、熱い期待が寄せられていた。

しかしである。鳴り物入りで編成されたQs《クインクス》は、思うような結果をあげてはおらず爪弾《つまはじ》き状態。理由は諸々《もろもろ》あるが、こうやってベッドに寝転んだまま起き上がる気配のない才子も一因であろう。前例がない施術を盾《たて》に、体がだるいとか、気分がすぐれないとか、あれやこれやと理由をつけて休みまくっているのだ。

今日も背骨が痛いと訴え、「寝すぎて背中が痛くなっただけなのではないか説」に負けることなく休みを勝ち取った。これで毎月、贅沢できる金額ではないにしても、ゲームに課金し、フィギュアを買い、アニメDVDをネット注文できるお給料が入るのだからぼろい商売である。

しかもここには、美味《おい》しいご飯があった。

「才子ちゃん、先生がご飯だって」

ドアの向こう側から控えめな声が聞こえてくる。

Qs《クインクス》は〔CCG〕のアカデミージュニアで、ジュニア生を対象に行われたQs《クインクス》施術適性テストにおいて「適性アリ」という結果を出し、手術を受けた者達で構成されている。施術者は才子を含め四名。その四人がここ「シャトー」で共同生活を送っている。

ドアの向こう側、才子の様子《ようす》を窺《うかが》うように佇《たたず》んでいるのはその一人、六月透《むつきとおる》だ。

才子は体を起こし、時間を確認する。気づけばすでに十九時。スマホ画面をタップしているうちに二時間経過していたようだ。常にだらだらとお菓子を食べているので、特別空腹という感覚はないが才子は「ほいほーい」と言ってようやく立ち上がる。

「さあ、むっちゃん。才子を今宵《こよい》のディナーテーブルへとエスコートしてたもれ?」

ドアを開いてそう言うと、六月が困ったように笑う。

浅黒い肌に、襟足《えりあし》まで伸びた黒い髪。右目は赤く色づく赫眼《かくがん》を隠すため、常に眼帯をつけている。本来であれば、能力発動時に片目が赤く染まるのだが、六月はまだ、自分の体をコントロールできていないのだ。

ただ勤務態度は真面目《まじめ》で、上司に対していたって従順。才子にも優しかった。

「エスコートって。パーティーじゃないんだから」

「今日のディナーはなんじゃらほい」

「ハンバーグだよ」

才子がすんすんと鼻を鳴らして匂《にお》いをかぐと、肉汁の芳醇《ほうじゅん》な香りが飛びこんでくる。

「バターで香ばしくソテーされたにんじん、茹《ゆ》でたブロッコリー、黒胡椒《くろこしょう》が利《き》いたじゃがいもにコンソメスープつき、ナイスな布陣……！」

施術のおかげで匂いに敏感になった才子。まだ見ぬ夕飯がまるでそこにあるかのように想像できた。

「カッ、お前は犬かよ」

才子の様子を見て笑いながら部屋から出てきたのは不知吟士《しらずぎんし》だ。

だらっとした出《い》で立《た》ちで、目つきが悪く、サメのようなギザギザ歯を見せる彼は、一見不良のようだが、才子とは〔CCG〕の第七アカデミージュニア時代からのつき合いで、座学の成績が悪い者同士、頻繁《ひんぱん》に居残り勉強をさせられていた仲である。

「あーらシラギン、だれがワンちゃんみたいにラブリーだって？」

「言ってねぇよ」

「えっ？〝才子ワン〟に今日のハンバーグあげちゃうって？」

「やらねえよ！」

厚かましさ全開で絡《から》むと、シラズが即座にキレる。横で見ていた六月が慌《あわ》てて「お、落ち着いて」と間に入った。

「そうそう、落ち着いてハンバーグよこせばよろしい」

「おいコラテメェ！」

「ちょっともう、ご飯、ご飯に行こう！」

このままではらちが明かないと六月が才子とシラズの背中を押して階段を下りる。


「んお？　フライングディナー」

一階のダイニングキッチンに到着すると、一人席に着き先に食事を始めている男がいる。

Qs《クインクス》の班長、瓜江《うりえ》久生《くき》だ。

才子やシラズと同じ第七アカデミージュニア出身なのだが、劣等生だった才子とは違い、彼は首席の特待生。現在も、才子や六月、シラズが三等捜査官であるのに対し、彼は一つ上の二等捜査官である。

ただ、優秀ではあるのだが人に干渉するのもされるのも嫌いらしく、班長でありながら単独行動をとることが多かった。今も才子の言葉を無視するように、黙々と食事を口に運んでいる。

「オッ、ウリエ二等はおなかペコペコですかぁー？　ガマンできなかったのかぁ？」

才子に絡まれて文句を言っていたシラズが、今度はウリエに絡みだす。どうやら彼は、ウリエに対抗意識を持っているようだ。

「(頭スカスカ野郎が) 食事、冷《さ》めるぞ」

ウリエは視線をこちらに向けることなくそう言う。

「それはよろしくないな、シラギン」

「お前は入ってくんなよ！」

一触即発の雰囲気だったが、才子の発言で一気に緩《ゆる》んだ。才子は自分の席に着くと、両手を合わせる。六月に「食べよ」と促《うなが》されたシラズも、納得していない様子だったが席に着いた。

「みんながそろうの珍しいね」

料理の後片づけで濡れた手をぬぐいながら、柔和《にゅうわ》な笑

顔を浮かべた青年が姿を見せる。Qs《クインクス》の指導者《メンター》、佐々木《ささき》琲世《はいせ》だ。

仲間に入るように席に着き、ほのぼのとこちらを見ている彼だが、こう見えて〔CCG〕捜査官の頂点に位置する鬼才《きさい》、有馬《ありま》貴将《きしよう》の元で働き、白単翼章《はくたんよくしよう》というSレート喰種《グール》を駆逐《くちく》、あるいはそれだけの力を有する者に与えられる章や、〝喰種《グール》〟の年間討伐《とうばつ》数が百体以上という驚異の記録を叩《たた》き出《だ》した者に与えられる金木犀章《きんもくせい》を受章している優秀な捜査官である。

そしてなにより、彼もまた、Qs《クインクス》と同じように赫子《かぐね》を使い戦っていた。そうなった経緯《いきさつ》も事情も才子達とはいろいろと違うようだが。

「はー、よき香り！」

才子にしてみればそんな戦歴よりも、ハイセが作る料理に夢中である。ハイセは才子達の指導だけではなく、こういった身の回りの世話まで焼いてくれるのだ。

まだ湯気が立つハンバーグを箸《はし》で割れば、中からとろりとチーズが溢《あふ》れ出《だ》す。才子はデミグラスソースをたっぷりつけると口の中へ放りこんだ。

「んー、美味……！」

粗挽《あらび》き肉のかみ応《ごた》えと、チーズのまろやかさが口いっぱいに広がり鼻から抜ける。白飯も進むというものだ。ハイセは料理を喜ぶ才子を見て「よかった」と言ったあと、

「そういえば才子ちゃん、背骨は大丈夫なの？」

と聞いてくる。

背骨。

頭にハテナマークがついた。

「今朝《けさ》、背骨痛がするって言ってたよね？」

六月に言われて、〝本日の才子設定〟を思い出す。

「あたた、背中の骨という骨が悲鳴を……！」

背中を丸め、とり繕《つくろ》おうとするものの、チラリと見たハイセの顔は、笑顔ながらも目が怖い。これ以上やっても無意味を通り越して逆効果だ。才子はピュピュピュと掠《かす》れた口笛を吹いてから、つけ合わせのにんじんを頬張《ほおば》った。ハイセがハァ、とため息を吐《つ》いたが、しかたないなと切りかえる。

「才子ちゃん、明日は有休だったね。そこでしっかり治《なお》しておいて」

そう明日は有休。今日は仮病で休んだが、明日は一か月ほど前から有休届を出していたのだ。

理由は一つ。新作ゲームの発売日だからである。

半年前にネットで発売を知ったゲームで、公式サイトにアップされる情報を逐一《ちくいち》チェックし、期待に胸を膨《ふく》らませていた。ここ最近は、そのゲームをプレイするために毎日頑張っていたくらいだ。頑張ると言ってもたいしてなにもしていないが。

「普段からサボってんのに有休までとんのかよ、お前」

シラズが肉を噛みながら言う。

「どうせゲームだろ」

どちらかといえば鈍《にぶ》くて単純なシラズのくせに図星をついてきた。ただ、ああ言えばこう言うのが才子である。

「シラギン……〝レデー〟の休日を詮索《せんさく》するなんてドスケベ心が丸出しじゃない……このベースケ！」

「誰がだコラ！」

話のすり替えはお手のものである。シラズは相手をするのも馬鹿らしくなったのか、食事に戻った。才子は明日へと夢を馳《は》せる。ゲームというのはネタバレもなにもない発売日にプレイするのがまたいいのだ。

明日はゲーム屋の開店と同時にお目当てのゲームを買い、ノンストップでプレイしよう。

「……あ、電話。アキラさんだ」

そんなことを考えている才子の隣で、ハイセがかかってきた電話に立つ。電話相手は真《ま》戸暁《どあきら》。才気溢れる女性捜査官で、ハイセがQs《クインクス》のメンターなら、アキラはハイセのメンターだ。Qs《クインクス》も真戸班の一員であり、直属の上司である。

「こんな時間に電話なんて、なんだろうね」

電話を耳に当て、部屋から出ていくハイセを気にかけるように六月が言う。

「……さあな（どうでもいい）」

食事を終えたウリエは、席を立ち、部屋に戻ろうとした。

「——えっ、そんな急に⁉」

ところが、ハイセの焦《あせ》った声を聞き、ウリエの動きも止まる。

「なんだなんだぁ、事件か？」

トラブルの予感にシラズが活気づいた。

ハイセは言葉少なに会話を進め、電話を切る。戻ってきた彼の表情は明らかに暗かった。

「おいおい、どうしたんだよサッサン」

シラズが陽気に尋ねる。

「うーん……ちょっと困ったことに」

ハイセはこちらに歩み寄ると、ウリエに「一旦《いったん》座ってもらっていい？」と言って自分も席に着いた。

「実は、明日、急遽《きゅうきょ》監査が入ることになったみたいなんだ」

監査？　と、六月、シラズ、ウリエの声が重なる。ゲームのことで頭がいっぱいの才子には届いていなかったが。

「上層部の指示で組織された監査委員がQs《クインクス》と行動を共にするらしい」

「共同捜査するってことか？」

意味を捉《とら》えかねているシラズに、ウリエが、

「……（お前らが無能なせいで）Qs《クインクス》の働きぶりを抜き打ちでチェックしたい、ということだろう」

と言う。

「俺らはどうしたらいいんですか？」

突然のことに不安を感じる六月。ハイセは柔らかく微笑《ほほえ》む。

「普段どおり……よりも少し盛って頑張れば大丈夫だよ。さすがに明日は一日中チームで行動しなきゃならないだろうけどね」

単独行動が多いウリエが「チームですか（面倒《めんどう》だな）」と眉《まゆ》をひそめる。シラズも「ウリ坊とずっと一緒とか勘弁《かんべん》」と悪態ついたあと、才子を見た。

「サッサン、そういや、こいつどーすんだ？」

対岸の火事のごとく話を右から左に流していた才子は、自分の名前があがってようやく現実世界に意識を戻す。

「なんぞもし」

「いやだから、明日Qs《クインクス》にチェックが入るから、チームで行動しなきゃなんねぇって話」

「我は明日、休みぞよ」

それが覆《くつがえ》るはずがない。同意を求めるように視線を送ったハイセが、表情を曇らせた。嫌な予感がする。

「そのことなんだけど……。ごめんね才子ちゃん、有休はまた後日改めてとして、明日は出てきてもらえるかな」

才子の目が点になり、そんな馬鹿なとテーブルを叩いて立ち上がった。

「ノオオオオオンッ！ ママンはこの才子に腹を掻《か》っさばき死ねと申すか！」

「言ってない！ 言ってないよ！ ただ、明日はQs《クインクス》全員揃ってないと今後に関わりそうだから……」

「新作ゲーム発売日の有給休暇を先送りするというのは武士にとっては死と同義！ 後生《ごしょう》だよぉ……堪忍《かんにん》くだせぇ、お代官様ァ……！」

才子はハイセの足に縋《すが》りつき、時代劇のワンシーンのように訴える。シラズが「やっぱゲームじゃないか」と呆《あき》れている。

「さ、才子ちゃんは武士じゃないでしょ。これぱっかりは僕の力じゃどうしようもないんだ。なるべく早く終われるように頑張ろう？　成果を上げれば、監査の人達も納得してくれるだろうから」

言葉こそ優しいが、明日だけは絶対に参加しなければダメだという強い意志が伝わってくる。ハイセは申し訳なさそうに才子の肩を叩いて立ち上がった。

「僕はこれから、明日の資料を作るために〔CCG〕に行ってくるよ。もしかしたら帰れないかもしれない。悪いけどみんな、明日は朝九時までに〔CCG〕本局に来て。だからえっと……」

ハイセは班長であるウリエや、六月、シラズを見て言う。

「才子ちゃんのこと、よろしくね」

その言葉に、三人はハイセの足にしがみついたままの才子を見た。

「じゃあ行くね。才子ちゃん、離してもらっていいかな。才子ちゃん、あのね才子ちゃん」

離れない才子。引きずるように歩くハイセ。

「ほんとゴメンね、明日頑張ろう、だから才子ちゃん、お願い才子ちゃん」

結局、シラズと六月の手により引き離され「あたしを捨てないであなたー！」と叫んだのにハイセは行ってしまった。

「大丈夫、才子ちゃん？」

残されたQs《クインクス》の四人はリビングにいる。才子は待ちに待った発売初日プレイを奪われたショックで抜《ぬ》け殻《がら》のようになっていた。ソファーに体育座りをして、体中からキノコが生えてきそうなぐらい陰気なムードを漂わせている。いや、もしかしたら生えているかもしれない。

「今日のところはさっさと寝ちまったほうがいいんじゃねぇの。明日起きれなくなるぞ」

シラズは明日、才子がちゃんと起きられるかどうか心配しているらしい。才子の生活スタイルは昼夜逆転という言葉そのものだ。朝の九時なんて才子にとって深夜に等しい。

「佐々木一等があああ折れなかったんだ。明日の結果次第で、Qs《クインクス》の今後に影響するような判断が下されてしまうのかもしれない」

ウリエがそう分析する。

「（巻き添えを食らって俺の評価が下がらないように）みんな気を引《ひ》き締《し》めておいたほうがいいだろうな。Qs《クインクス》解散、なんてことにならないためにも」

脅《おど》しのような言葉だったが、説得力はあった。

〝喰種《グール》〟と死闘を繰り広げ続けた捜査官の中には、その〝喰種《グール》〟の力を体内に宿したQs《クインクス》に対して懐疑《かいぎ》的な視線を向けてくるものも少なくない。結果が残せないなら解体すべきという意見が出てもおかしくない状況にあるのだ。

「だったらさっさと寝ちまおーぜ。いつもどおり起きりゃーいいんだからよ」

シラズはそう言って立ち上がる。六月も同様だ。これで解散という流れだろう。

しかし才子の問題は、なに一つ解決されていなかった。

発売初日。その日からプレイしなければ、他のプレイヤーに差をつけられ、SNSにはネタバレが溢れる。なにより自分は仕事なのに他の人はゲームをしているだなんて妬《ねた》ましいにもほどがある。

だいたい、普段から才子がいてもいなくてもとくに変わらないQs《クインクス》ではないか。むしろいたほうが邪魔になるのではないかと都合良く解釈し始める。

そうだ、みんなは捜査を頑張り、才子はゲームを頑張ればいい。適材適所、役割分担。なにより有休は労働者にとって当然の権利ではないか。才子の闘志に火がついた。

「社会の歯車になってたまるかあああああぁぁぁぁーッ！」

右手を高く突き上げそう叫ぶ。

「……いや、歯車になってないだろ、お前。別の時間軸《じかんじく》で生きてるじゃねーか」

部屋に戻ろうとしていたシラズが立ち止まり、冷めた表情を浮かべている。

「ゲームなんかお前ならいつでもやれんだろ。明日は我慢しろよ」

「初日プレイの大事さが、あなたにはわからないんだわ！　ヒドイ男《おとこ》！　ヒド男《お》」

才子は痴情《ちじよう》のもつれのようにシラズを責《せ》めた。

「わかんねーし。だいたい俺らは捜査官だろーが！　働かねーと給料も入んねーんだぞ！」

「なによ、ものわかりよさげなその感じ！　あなた昔はそんな人じゃなかったわ！」

「昔ってなんだよ！　だーッ！　いいかげんにしろよ！」

口論で才子に勝てるはずがないシラズが声を荒らげる。

「シラギンのバカッ！　才子しらないんだから！」

「あ、おい、才子！」

才子は泣き真似《まね》をして走りだした。一気に階段を上り、自室に飛びこみ、部屋の鍵を閉め、ドアに耳をあてる。

神経を研《と》ぎ澄《す》ませば、耳に入る音が大きくなった。

「……どーするんだよ、アイツ」

最初に、困惑するシラズの声。

「明日には気持ちを入れ替えてくれればいいんだけど……」

次に、希望的観測を述べる六月。シラズも「だなぁ」と同意している。

しかし、ウリエは違った。

「あの様子じゃ、俺達の目を盗んでゲームを買いに走るかもしれない」

さすがアカデミー特待生だ。わずかな危険性も見逃さない。

「いや……いくらなんでもそこまでするかぁ？」

「絶対にしないという確証は？　ほぼ捜査活動に従事せず、有休申請する女だぞ？」

「そりゃ、そうだけどよ……」

シラズは簡単に言い負かされる。

「Qs《クインクス》が全員揃わなければ（班長である俺の）責任問題に発展し、減俸される恐れもあるぞ、シラズ？」

「ハァッ⁉　待てよ、そんなん絶対ヤダぞ！　俺は金がいるんだよ！」

シラズの声に焦《あせ》りが混じった。彼は金に執着があるのだ。

「だったら念のために、米林を監視しておいたほうがいいと思う」

ドア越しに声を拾《ひろ》っている才子はさらに意識を集中させた。

「朝まで見張っておくってこと？」

「そうだ。米林の部屋の前、リビング、玄関あたりで監視しておけば問題ないだろう」

交代制かと思いきや、重点箇所《かしょ》すべてに人員を割《さ》く総力戦である。それだけ警戒しているということだろうか。

「配置はどうすんだ？」

見た目に反して意外と真面目なところがあるシラズがそう尋ねる。

「君が米林の部屋の前、俺がリビング、六月が玄関だ」

「おい待てよ、お前がリビングってなんかずるくねーか？」

時間を過ごすうえで快適な備品が揃っているリビングと、部屋の前の板張り廊下とでは環境がまったく違う。

「俺は班長だ。米林の部屋と玄関の中間地点にあるリビングで状況把握《はあく》する必要がある。それに、君はアカデミー時代から米林と（馬鹿同士）交流があったろう。米林の異変に最も敏感に対応できるのではないかと期待しているんだ」

ウリエに反発しながらもウリエの力を認めているのか、シラズは言葉を素直に受け取り、不承不承《ふしょうぶしょう》ながらも「わかったよ」と答えた。六月は最初から文句はなかったようだ。

「それでは、作戦を開始する」

彼らはそれぞれ持ち場へと移動する。

シラズは一旦自室に戻り、暇つぶし用の雑誌を持って才子の部屋の前に腰を下ろした。ウリエもソファーに座り、六月は廊下に寝転がって報告書を書き始めたらしい。それらすべてを才子は五感で把握した。

常に仕事をサボっているとはいえ、才子はQs《クインクス》施術適性テストで、ダントツの適性率を叩き出した人間である。施術後も聴覚、嗅覚……他の班員に負けない能力が多々あった。

しかし今は、動くべき時ではない。

まずは音を立てないようにベッドに寝転がる。それからテレビをつけ、お気に入りのアニメDVDを再生する。キャラの声が響き、廊下にいるシラズがわずかに反応した。

「ククク……愚かなQs《クインクス》達よ、この俺を止められるかな……?」

才子は携帯型ゲームを手に持つ。

「ひとまずギルクエ140のディアブロ狩りと洒落《しゃれ》こもうじゃないの

……！」

二

ゲーマーにとって時間などあっという間に過ぎ去るものである。

時計は深夜二時を回り、町も人々も眠る時間帯だ。しかし才子は活気づいていた。

「さて、と」

ぶっ通しでやり続けていたゲームをセーブして、音を立てないようにしながらドアに耳をつける。

「クカー……」

一番近い場所から聞こえてきたのは、心地良さそうに眠るシラズの寝息だった。

ウリエは何か作業をしているようで、監視を開始した当初より緊張が薄れているように思える。

玄関にいる六月は報告書を書き終え、眠ってはいないもののあくびをしているようだ。頃合いだろう。

才子は部屋着を脱ぎ捨て、動きやすい服に着替えると、カバンの中に携帯ゲームや充電器、お菓子などを詰めこんだ。

才子がシャトーを抜け出しゲームを買いにいってしまうのではないかという危険性を見《み》逃《のが》さなかったのは素晴らしいことだ。ただ、普段《ふだん》からだらけて部屋にこもっている才子を知る彼らが、危険性を軽く見積もっていると才子は踏んでいたのだ。

それは、監視の配置にも現れている。彼らがいるのは家の中のみ。

「レッツ・パーティタイム……」

才子はカバンを背負《せお》うと、そっと窓を開く。三階の部屋から見下ろした地面までの距離は約九メートルといったところか。普通であれば骨折ルートである。しかし才子は普通ではない。

才子は窓をまたぐと、窓枠をつかみ、家の壁に這《は》うようにしてぶら下がった。ぬるい風が吹いてくる。もう一度地上を確認して、ぐっと体に力を込めれば、腰から体全体に熱い血が通っていくような感覚が走った。

「我が体に潜《ひそ》む邪悪なる眷族《けんぞく》よ、その力を示すがよい……‼」

才子の左目が赤く染まる。赫眼《かくがん》だ。

才子は窓枠から手を離す。体は真下へ落ちていく。

たん、と音は最小限に才子はかすり傷一つ負《お》うことなく着地した。

「よっしゃ示したァー……！」

家の中を探るが、変化はない。そう、彼らはずぼらな才子がゲームのためとはいえ、ここまでするとは思っていないのだ。

赤かった才子の目が通常の色に戻り、足音を殺してシャトーから離れる。距離ができればできるほど、解放感が身を包み、高揚してきた。

「あっしは自由！」

大きく両手を広げて、人も車もいない道の真ん中を駆ける。しかしすぐに息切れしてやめた。才子は携帯をとり出しＳＮＳをチェックする。平日深夜であるにもかかわらず、ゲーマー達は賑やかだ。

才子もいつもの調子で書きこんだ。

YONE@反逆のゲーマー
社会の檻《おり》から飛び出してレッツ・パーティタイムっすわ！

「………ん」

床に座り、壁に背を預けうとうとしていた六月は、かくんと頭が落ちた反動で目を覚《さ》ます。ぼんやりしたまま左右を見渡し、目を擦《こす》って、あくびをしながら両手を伸ばした。

半分夢の世界に旅立っていたとはいえ、もし近くを人が通れば気づくはず。

「才子ちゃん、部屋から出てないっぽいな」

六月は書き終えた報告書をきれいにまとめて脇《わき》に置くと、ウリエやシラズはどうしているのだろうと立ち上がった。

リビングに行くと、ウリエはソファーに深く腰掛け、イヤホンをしたまま目を閉じていた。眠っているのだろうかと思ったが、すぐに目を開きこちらを見る。

「……なんだ?」

「あ、いや、どんな感じかな、と思って」

ウリエはつまらなそうに顔をそらして、サイドテーブルに置いてあったファイルを開く。捜査資料のようだ。

「米林も俺達に見張られていることはわかっているはずだ。それをあえて突破しようとは(あのボンクラは)考えないだろう」

どうやらこの監視は才子を牽制《けんせい》するためのパフォーマンスだったらしい。

「すごいね、瓜江くんは」

「……べつに(お前らが無能なだけだろう)」

ウリエはいつも何かに駆り立てられるように働いている。性格なのだろうか、それとも別に何か理由があるのだろうか。六月にはわからない。

六月は階段を上がると、今度はシラズの様子《ようす》を窺《うかが》った。シラズは六月とは違い、廊下に寝転がってわかりやすく寝ている。

「シラズくん、大丈夫？」

トントン、と肩を叩《たた》くと「んぉ、トオルか」とシラズが目を覚ました。

「やべー、寝てた」

頭をガリガリと掻《か》くシラズに「才子ちゃんはどう？」と尋ねると「さすがに諦めたんじゃねぇの？」と答える。才子の部屋からは、アニメの音が聞こえていた。

「あとは朝どうやって才子ちゃんを起こすかだね」

「んー、まぁな。つーかそっちのほうがメインだろ」

才子は一度寝てしまうと、大きな音を立てようが、派手に揺すろうが起きないのだ。ちゃんと起こせるかどうか考えるだけで気が滅入《めい》る。

シラズは大きなあくびをしてから「俺らが朝、起きられねーようじゃ意味ねーぜ」と言った。

「監査も疲れそうだし、寝とこうぜ」

才子を〔CCG〕まで連れていくことがメインになっていたが、それも監査あってのことなのだ。

床にごろりと寝転がるシラズ。六月も持ち場に戻ると壁に身を預けた。このまま一眠りしよう。

「っと、その前に……」

六月は携帯を取り出すと、ネットニュースを眺《なが》める。

「あ、そういえば……」

六月は才子のSNSをブックマークに入れていたことを思い出した。

「まだ起きてるのかなぁ」

できれば寝ていてほしいのだけれど。そんな気持ちを抱いたまま、内容を確認する。

「……えッ⁉」

しかし、想定外のことに声をあげると、体を前のめりにして画面を凝視した。スライドさせて、彼女の発言を確認していく。

六月は立ち上がった。

YONE@反逆のゲーマー

深夜の駅をMYでんこで突撃する快感！　深夜徘徊《はいかい》サイコ――!!

「……う、瓜江くん！　才子ちゃん抜け出してるっぽい！」


二つにくくった長く柔らかい髪が、才子の歩みに合わせてふわふわ揺れる。

繁華街にさしかかると、女性をナンパする男や、赤ら顔で帰宅するサラリーマン、アイラインが異様《いよう》に濃い水商売風《ふう》の女など、まばらに人が行《ゆ》き交《か》っていた。

才子は周りには目もくれず、SNSでゲーム仲間と会話を続けている。内容は、数秒後には忘れてしまいそうなどうでもいい話ばかり。それが楽しい。

ただ、いつまでもこうやって町を歩き続けるつもりはなかった。

「さぁて目標時刻まで〝別荘〟で時を過ごそうかね……」

目的地が近づき、機嫌《きげん》良く呟《つぶや》く。才子が目指すのはそう、ネットカフェだった。

狭いながらも自分のスペースが確保でき、漫画も読み放題。ドリンクバーも備えつけであり、才子にとってはパラダイスである。

ゲーム屋開店まではまだまだ時間があるので、そこで羽を休めようという算段だ。

今回選んだネットカフェは才子ごひいきのゲーム屋近くにあるもので、ソフトクリームまで自由に食べることができる。Qs（クィンクス）からの脱走という大仕事をやってのけたあとのソフトクリームは、さぞ赫包《かくほう》に染《し》みるだろう。

次の角を曲がればもう到着だ。才子は財布の中から会員カードを取り出し歩みを速めた。

「……‼」

だがそこで、馴染《なじ》んだ匂《にお》いが鼻孔《びこう》を突いた気がしたのだ。

「………」

才子は反射的に足を引き、角にあった店の陰に隠れる。

細心の注意を払いながら窺《うかが》った目的地、ネットカフェ。

「なんと」

そこには、ウリエが立っていた。

「瓜江くーん」

「こっちはダメだぜ！」

ウリエだけではない。才子がいる場所とは別の方角から、六月とシラズが現れ、ウリエに駆け寄った。

「ここにもいない。ただ、まだ到着していない可能性もある」

ウリエはネットカフェを見上げる。

「(あの出不精《でぶしょう》は)ゲームショップが開くまで歩き回れるような奴じゃない。必ずどこかで休憩をとるはずだ。さらに言えばスマホや携帯ゲーム機器等に必要な電源が確保でき、楽な姿勢になれる場所」

ウリエは断言する。

「米林はネットカフェに向かう」

恐るべき〔CCG〕の捜査力。

しかも彼らはこの短時間で才子がひいきにしているゲーム屋を調べあげ、周辺にあるネットカフェをあたっているのだろう。

才子がのらりくらりと歩いている間に、包囲網が張られていたのだ。〝喰種《グール》〟が〔CCG〕を警戒するのも納得の優秀さである。〝喰種《グール》〟も大変だなとさえ思えてきた。

「ったく才子の奴、まさか窓から飛び降りるとは……どんだけゲームやりたいんだよ」

「完全に裏をかかれたな。しかし、一番身近にいたはずのお前が気づかないとは(この役立たずが)」

「んだとぉ! だったらお前はリビングで何やってたんだよ、アァッ!? ソファーでおねむか!」

ただ、Qs《クインクス》の団結力は塩分控えめの味噌汁並みに薄い。

「……上官に対する口の利《き》き方がなってないな、不知〝三等〟」

「上官？　ただの班長さんだろーがよ！」

なにげない会話から、あっという間にケンカになり始めた。このチームの不和こそが現在のQs《クインクス》班の弱点である。そして弱点を攻めるのが戦略ゲームの定石《じょうせき》だ。この隙《すき》をつくしかない。

抜き足、差し足、忍び足。才子は彼らから距離をとるように歩きだす。背後から聞こえる声はヒートアップし、殺し合いに発展しそうな勢いだ。そうはいっても簡単には死なない体質なので、心配する必要もない。

すべては才子にとって有利な状況に流れている。才子はしめしめとほくそ笑んだ。

「ちょっと待って！」

ただそこで、六月が二人を制する。

「様子がおかしい」

才子はぎくりとした。こちらの気配に気づいたのだろうか。思わず立ち止まり息を殺す。

そのまま、一分、二分、三分。

流石《さすが》に息を吸い直したが固まったままだ。握りしめたままのスマホが汗ばんでくる。

「お、おい、なんなんだよ」

沈黙に耐えきれなくなったのか、シラズがそう言った。

「……ないんだ」

「何がないんだ？（さっさと説明しろ）」

ウリエも苛立《いらだ》ちを抑《おさ》えながら尋ねる。

六月は言った。

「才子ちゃんのＳＮＳ更新が突然止まった！」

才子はハッと自分のスマホを見る。ウリエ達に遭遇して、延々と続けていた会話を中断していた。ここにきて六月が才子のＳＮＳアカウントをチェックしていたことに気がつく。

「才子ちゃんは今どこかで俺達の様子を窺ってるはずだ！」

六月がそう叫んだ途端《とたん》、才子は思わず走りだしてしまった。人間、心にやましいことがあると勝手に体が動くものである。二時間ドラマで犯人はお前だと言われ崩《くず》れ落《お》ち、自供を始める犯人の気持ちが今ならわかる。

「……あっちか⁉」

敏感に気づいたウリエがこちらに向かって走りだした。

「ひぃー、ヤババヤバ！」

ウリエに続き、シラズも角から飛び出してくる。

「おいおい、マジでいたぞ！」

感動と呆《あき》れが入り混じった声だ。

「確保する」

才子を目視したウリエが一気に加速する。

もともとたいして開いていなかった距離。しかも、あちらは日々体を鍛《きた》えている捜査官で、こちらは贅肉がお友達のほぼニート。逃げられるはずがない。

「おのれ〔CCG〕めえええええッッッ……！」

「いやお前も〔CCG〕だろ」

聴覚が優《すぐ》れたシラズは才子の呻《うめ》きもしっかりキャッチする。

「……観念しろ！」

ウリエの手が伸び、才子のカバンをつかんだ。

「おおう！」

乱暴にはしなかったが、つかまれたカバンにかけられた力に負け、才子はその場に座りこむ。捕まってしまった。

「ハァ〜……ったく、なにやってんだよ」

「帰ろう、才子ちゃん」

才子を囲むようにシラズとウリエが立つ。

万事休す、ここまでか。

才子の頭の中で、ゲーム発売情報を見つけた日のことが蘇《よみがえ》った。ネットやゲーム雑誌で新情報が出るたびに期待を膨《ふく》らませ、発売日までを指折り数え、しっかり有休もとり、清らかな気持ちでゲーム発売日を迎えられるはずだったのに。急な仕事という、現代社会の闇が今まさに才子を飲みこもうとしている。

砂利《じゃり》が転がるコンクリートの上、膝《ひざ》をついて座りこむ才子。両手にコンクリートの優しくない感触が響く。才子は拳《こぶし》を握りしめた。

「ククク……」

上がった口角《こうかく》、漏れた笑い声。

シラズ達が顔を見合わせる。

「そうは問屋が卸《おろ》さねえやいやい……！」

拳を開き、地面を叩いて顔を上げた。赤く染まった左目、浮かび上がる血管。途端、空気がヒリつき、ウリエ達が後方へと飛ぶ。

「さ、才子ちゃん！」

「（あの馬鹿！）」

背中が一気に熱くなる。皮膚を裂き生まれ飛び散るRc細胞。放出された力は複雑に絡《から》み合い、形を作り出していく。見上げるほどに巨大で、脊柱《せきちゅう》のような形をしたそれは——

「ウソだろおい、才子の奴、赫子《かぐね》出しやがったぞ！」

Qs《クインクス》が、Qs《クインクス》たる由縁《ゆえん》、赫子《かぐね》だ。

重みにのけぞりそうになる体。足にぐっと力を込

め、彼らを見据える。

「……この私を倒せるかな、小僧どもォ！」

「アニメの見すぎだろお前！」

——いけェエ！

才子の赫子《かぐね》がしなり、ウリエ達がいた場所を強く叩きつけた。彼らは跳躍《ちょうやく》し攻撃を避ける。赫子《かぐね》の力にコンクリートがひび割れ、砂埃《すなぼこり》が舞った。その威力にみな目を丸くする。

「ふははは、誰も我を止められまい！　失われた秘宝は我が戴くぞォォォ!!」

「さ、才子ちゃん……捜査でも滅多《めった》に赫子《かぐね》出さないのに……！」

捜査官であるQs《クインクス》もこの暴挙に驚いているのだ。深夜といえども繁華街。偶然その場に居合わせた人々の驚きはその比ではないだろう。あまりのことに、身動きできずにポカンとしている人もいる。

「チッ……（通報でもされたら面倒《めんどう》なことになる）、シラズ、米林の動きを止めるぞ！」

「つってもどうやって⁉」

「米林の赫子《かぐね》を狙って撃て！　疲弊《ひへい》させろ！」

才子を探しにやってきた彼らは、クインケの用意をしていなかった。そんな今だからこそ、Qs《クインクス》の体が役に立つ。

しかし、シラズが無理だと首を横に振った。

「才子にもあたっちまう！」

「怪我《けが》をしようがすぐに治《なお》る！　とくにあいつの再生は速い」

「んなこと言っても……」

躊躇《ためら》うシラズにウリエが歯ぎしりする。

「（役立たずが！）もういい、俺がやる！」

ウリエの左目が赤く色づき、背から突き出した赫子《かぐね》が強固な刃《やいば》となってウリエの右腕に絡みつく。周辺の人々は悲鳴をあげ、逃げだした。

「え、なに、縄張り争い？　やめてよ、こんなところで……」

ところが、一人だけ逃げずにこちらを眺《なが》めていた人がいたのだ。それは、才子が先ほど通り過ぎた水商売風《ふう》の女。赫子《かぐね》を出した才子とウリエの姿をそのまま受け止めている。

それはなぜか。

ウリエの目が即座に彼女を捉《とら》えた。

「え、なに、ヤバイ感じっ？」

女は身の危険を感じたのか、ヒールを脱ぎ捨て走りだす。その跳躍力は人のものとは思えなかった。

「おいおい、アイツ……」

シラズが逃亡する女を見てニヤリと笑う。

「〝喰種《グール》〟じゃねーか！」

こんな偶然があるだろうか。喰種《グール》捜査官であるQs《クインクス》の前に〝喰種《グール》〟がたまたま居合わせたのだ。

〝喰種《グール》〟は金にも功績にもなる。

「(俺の獲物《えもの》だ！) 六月、米林はお前に任《まか》せた！」

「え、ええッ⁉」

〝喰種《グール》〟を追って走りだしたウリエを見て「抜け駆けすんなよ！」とシラズも追いかける。

残されたのは、才子と六月。

「くく……ふはははは！　どうやらこの勝負、私の勝ちだな！」

腹の奥底から声を張りあげ、高笑いしながら勝利宣言をした瞬間、才子の背からそびえ立つように伸びていた赫子《かぐね》は形を失った。同時に、激しい疲労感が才子の体に襲いかかる。

もともと火力はあるが持久力に欠けるのだ。

「才子ちゃん！」

無茶《むちゃ》をしすぎたせいで受け身をとることもできず地面に転がる。

「むっちゃんこ……才子の冒険はどうやらここで終わりのようや……」

「さ、才子ちゃん！」

「さいこは、めのまえがまっくらに、なった……」

あと、新作ゲームがしたかった……。

まるで遺言のように言い残し、才子は意識を手放した。


——捜査官になるつもりなんてさらさらなかった。

学費が浮くから、という理由だけで入学した〔ＣＣＧ〕のアカデミージュニアスクール。〝喰種《グール》〟なんか他人事《ひとごと》。戦わなければいけない理由もないし、命を懸けて戦うなんて無理ゲー、一般人である才子にできるはずがない。穏便《おんびん》に、可能な限り楽をして生きていけたらそれがいい
しかし、Qs《クインクス》施術適性テストでダントツの適性値を出し、施術に補償金が出ると聞いた母親がゴーサイン。補償金は、母のスナック経営で膨れあがった借金に充《あ》てられ、なくなった。母は喜んでいた。とても、とても。

ゲームも漫画もアニメも、主人公は当たり前のように敵を倒す。それが痛快で興奮する。

しかし、いざ現実で同じ状況になって、主人公のように相手を倒せるかといえば否《いな》だ。

しかもこれには生死が絡む。〝喰種《グール》〟という生きものを殺すのも、自分が〝喰種《グール》〟に殺されるのも、才子には荷が重いし、御免被《ごめんこうむ》りたい。

ただ、ここには温かいご飯がある。

呼べば応《こた》えてくれる人がいる。

命のせめぎ合いに危険を冒《おか》すことは多くとも、平和があるのだ。仮初《かりそ》めだとしても、このままずっと平和にやっていけるのではないかなんて、思ったりもする。みんないて、才子もいて、なにも変わらない日常が、だらだらと、ぐだぐだと、流れるように、ごくごく〝普通〟に。

欠けることなく。


「……子ちゃん、才子ちゃん？」

急に声が聞こえてきた。気づいていなかったが、うっすら目が開いていたらしい。入りこむ景色はぼんやりしていた。ここがどこかもわからない。まぶたをぎゅっと閉じて、何度か瞬《まばた》きをして、今度は焦点を合わせ周囲を窺う。

「ここは……」

漫画のポスターが見えた。

「セーブポイント……？」

「気づいた、才子ちゃん？」

才子が横たわるベッドのすぐそばに、安堵《あんど》した様子で才子を見下ろすハイセがいる。

「ママン」

「うん」

「ママンも死んでしまったの？」

「こらこら」

ハイセは才子の額にそっと手を置き、指先で小さくトントンと叩く。

「まったくもー、赫子《かぐね》まで出しちゃうなんて。六月くんから連絡きたときは驚いたよ」

ボーッとしたままハイセを見上げる才子を見て「まぁ、お説教はまた今度ね」と苦笑し、ハイセは手を離した。

絡みつくような倦怠《けんたい》感は赫子《かぐね》を出した反動か。日頃の鍛錬《たんれん》不足もたたっているのだろう。

「おー、目ェ覚めたか？」

才子の部屋を覗《のぞ》きこんだシラズが、クカカと笑いながら入ってくる。買い物帰りなのか右手にビニール袋を持っていた。

「普段の起床時間よりも早いんじゃねーの」

今さらながらに部屋に入りこむ光を意識する。光量から推測するに、昼前といったところか。みんなは働き、才子は寝ている時間。そこで気がつく。

「ママンもシラギンも監査おサボり？」

それがあるから才子は脱走したのだ。シラズが「お前じゃあるまいし！」と否定する。

「才子ちゃんはどこまで意識があったのかな。えっとね、赫子《かぐね》を出した才子ちゃんと瓜江君を見て、偶然居合わせた〝喰種《グール》〟がいぶり出されたんだ」

そんなことがあったような、なかったような。

「んでな、その〝喰種《グール》〟が逃げこんだ場所に、別の〝喰種《グール》〟が何体かいたんだ。ま、全部レートが低いザコだったけどな。オレがその〝喰種《グール》〟を討伐《とうばつ》したってわけ」

「瓜江くんと一緒に、でしょ」

シラズがアレはオレの手柄だったと唇《くちびる》を尖《とが》らせているが、おそらく、ウリエのほうが貢献しているのだろう。

しかしそれが監査となんの関係があるのか。

「上層部としては、ここのところ成果が思わしくないQs《クインクス》への鞭打《むちう》ちで、監査するつもりだったんだよね。でもその前にQs《クインクス》が結果を出したってわけ」

「結果さえ出しちまえば四の五の言われる筋合いはねーってことだ。で、監査もなしになったんだよ」

「まぁ、〝喰種《グール》〟確保後は、〝喰種《グール》〟のコクリア移送や情報確認、報告書の記載、提出等、事務処理がメインになるからね。わざわざそれを見ても意味がないってことでしょ」

Qs《クインクス》による勤務時間外の〝喰種《グール》〟捕縛《ほばく》。しかも、クインケを持っていない状況で結果を出せたのはQs《クインクス》の利点をアピールするにはこれ以上ない素材になっただろう。

そしてハイセは監査役達とのやりとりを手早くすませ、赫子《かぐね》の影響で倒れた才子の面倒を見るため、帰宅したようだ。

戦闘後、そのまま〔CCG〕に赴《おもむ》いていたシラズも、事後処理があらかた片づいたため一旦《いったん》戻ってきたらしい。

「才子、今回はお前が〝喰種《グール》〟に気づいて赫子《かぐね》を出したってことにしてあっから。ゲーム欲しさに暴走しただなんて言えねーしな。ま、お前が無茶《むちゃ》やったおかげで〝喰種《グール》〟が確保できたのはウソじゃねーし」

そのへんは、班長であるウリエとハイセが上手《うま》くやってくれたらしい。ウリエは、才子の暴走を表に出すのは失点になると判断したのだろう。

だが、才子にとって重要なのはそこではなかった。

「ハッ！　ゲーム……‼」

すでにゲーム屋開店時間は過ぎている。才子はガバッと起き上がった。しかし目眩《めまい》がしてすぐにベッドに舞い戻る。

「ほら、無理しない。……それにね」

ハイセがシラズに目配《めくば》せする。シラズはビニール袋の中から、四角いパッケージを取り出した。

そこには「いななけ！　ハシビロコウ！」というタイトルと、クチバシがやたらと大きくて目つきの悪い鳥の絵が描いてある。

才子が心待ちにしていたゲームだった。

「近所のゲーム屋で買ってきてやったぜ。なんかすげークソゲーの匂いがすんだけど」

こんなゲームのために必死になってたのかよと言いたげな目をしたシラズが、ゲームの領収書と一緒にハイセに渡す。

「才子ちゃんにとっては待ちに待ったゲームだもんね。今回は結果的にQs《クインクス》にとって良い方向で話が終わったから、これはプレゼント」

ハイセはゲームを才子に差し出した。恋《こ》い焦《こ》がれた本日発売のゲーム。

しかし才子は首を振った。

「……違う」

「え」

「は？」

否定にハイセとシラズが固まる。

「いやでも、トオルの奴がこのゲームだって言ってたぜ！」

シラズは買い間違えたのかと焦《あせ》る。

才子は「これだけど違うんや！」と今度は叫んだ。

「これには予約特典の色違いハシビロコウやクチバシデコがない……！」

ゲームというものは、購入先によって特典がつく場合がある。才子が狙っていたのは早期予約をすることで、追加データがもらえるものだった。そのため、馴染《なじ》みのゲーム屋に予約を入れていたのだ。

あれでなければ意味がない。

「買いに、行かねばぁ……！」

才子は無理矢理体を起こすとベッドから下りようとする。しかし、思うように力が入らず、どしゃっと床の上に落ちた。

「才子ちゃん！」

「なにやってんだよ、お前！」

「ハシビロコウ……クチバシデコぉ……！」

這《は》い蹲《つくば》るようにして前に進む才子。ハイセは頭を抱《かか》える。

「買ってくる！　今から僕がお店で予約してたやつ買ってくるから！」

　ハイセの悲痛な叫びがシャトーに響いた。

　ニートよりの捜査官の面倒を見るのは大変なのである。

TOKYO GHOUL

#002
[union]

Novel [quest]

:re

いつだって守られてばかり。結局何もできずに失うばかり。

だから自分も誰かを助けられるようになりたいと勇気を出して踏みこんだ場所は、光の届かぬ大樹の根元だった。

一

「先に戻れ、ヒナミ」

名を呼ばれ、ハッと顔を上げる。

笛口雛実《ふえぐちひなみ》。

「〝喰種《グール》〟にとって良い世界」を作るため組織された「アオギリの樹《き》」の構成員だ。「アオギリの樹」は目的のためなら手段を選ばぬ過激さで、〝喰種《グール》〟の天敵である〔CCG〕と激しい衝突を繰り返している。

今も、そう。

ヒナミは、雑居ビルの屋上から向かいの廃墟ビルを注意深く観察する彼を見る。

端正《たんせい》な顔立ちを黒い〝ラビット〟のマスクで覆《おお》い隠《かく》したのは、アオギリの幹部である霧嶋絢都《きりしまあやと》だった。彼は、廃ビルに今まさに踏みこもうとしている喰種《グール》捜査官達を見ている。あそこは、つい先ほどまで、アヤトやヒナミがアオギリの末端構成員と情報交換をしていた場所だ。その最中、躙《にじ》り寄《よ》る気配に気がつき、この雑居ビルに抜け出したのである。

「アヤトくん……」

彼はこちらを向くことなく「邪魔《じゃま》だ、行け」と言う。突き放す冷たい言葉とは裏腹に、彼の気《き》遣《づか》いを感じて切《せつ》なくなる。

――ああ、まただ。

ヒナミは「気をつけて」と言い残し、拠点地に向かって走りだす。その背後で、アヤトが屋上から飛び降りる。

これから殺戮《さつりく》が始まる。

知覚能力が優《すぐ》れたヒナミの耳に、人の頭が落ちる音が聞こ

えた。反射的に耳を塞《ふさ》ごうとしたが、手を止める。その音が、アヤトの無事の確認でもあるのだ。ヒナミのぶんまでその手を血に染めるアヤトの。

ヒナミは人々の絶望の声を聞きながら胸をぎゅっと押さえた。

どこに行っても助けられてばかりだ。


「……辛気《しんき》くさい顔してんな」

拠点地に戻り、膝《ひざ》を抱《かか》えてじっとしていると、聞き慣れた足音が聞こえてきた。パッと顔を上げて見た部屋の入り口に、居心地《いごこち》の悪そうな表情を浮かべたアヤトが現れる。

「大丈夫だった、アヤトくん？」

立ち上がり、心配するように尋ねると「……べつに」というぶっきらぼうな返事が返ってきた。こういうところが〝お姉ちゃん〟に似ている。安堵《あんど》するヒナミを見て、アヤトは誰と重ねられているか気づいたようだ。「やめろよな」と注意してくる。

「タタラへの報告は済んでる。お前はもう休め」

「アヤトくんは？」

「次の仕事だ」

こともなげにそう言って、アヤトは部屋を出ていった。また一人になり、ヒナミは壁にもたれかかって息をつく。

アオギリの勢力拡大とともに、アヤトの負担は増える一方だ。その負担の一部に、ヒナミも入っているのかもしれない。そう思うと胸が苦しくなる。

「……こんなんじゃダメ！」

ヒナミは暗くなる気持ちを追い払うように自分の頬《ほお》をペシペシと叩《たた》いた。

「なにか、お礼をしよう。アヤトくんが喜ぶもの」

うん、と気合いを入れるように頷《うなず》く。しかし、良いアイデアが思いつかない。

「………」

あれやこれやと考えていると、次第に別の影が浮かんできた。

「……お姉ちゃん」

霧嶋董香《とうか》。アヤトの姉であり、母を失ったヒナミの面倒を見てくれていた〝喰種《グール》〟である。気が強くて、少し怒りっぽくて、だけれどもいつだって優しい。

アヤトといると、頻繁《ひんぱん》にトーカのことを思い出した。そして数珠《じゅず》つなぎのように「あんていく」のことも思い出す。

トーカがバイトをしていた20区のカフェ「あんていく」。

人と〝喰種《グール》〟が入り混じったその場所は、店長である芳村《よしむら》の穏《おだ》やかな空気と相まって、安心できる場所だった。〝お兄ちゃん〟と出会ったのもその場所だ。

トーカはヒナミに、よくコーヒーを出してくれていた。トーカが淹《い》れるコーヒーは、ときに雑味があったが、それでも美味《おい》しかった。

「あ……そうだ」

壁によりかかっていた体を起こし、手を合わせる。

「コーヒー」

美味しいコーヒーを淹れれば、アヤトも喜んでくれるかもしれない。

ただ、ここには「あんていく」のようなコーヒーを淹れる道具もコーヒー豆もなかった。

お店ほど良い物は揃えられないにしても、最低限度の道具が欲しい。

ヒナミは、コーヒーを淹れるのに必要な物品を買いに行くことにした。

二

翌日、抱《かか》えていた解析の仕事をあらかた終わらせ、ヒナミは部屋を出た。普段《ふだん》は夜に行動することが多いのだが、物を買うのであれば人が活動する時間帯に合わせなければいけない。買いたい物がどこにあるのか把握《はあく》できていないので、時間もかかりそうだ。

「……あ」

真昼だというのに暗いアジトの廊下を進んでいると、血の匂《にお》いと腐乱した香りが染《し》みついたローブを纏《まと》った、白髪《はくはつ》の青年がいた。ヒナミの体がわずかに強張《こわば》る。

アオギリ内で行われた喰種《グール》化施術の成功体、オウルだ。人としての名は滝澤政道《たきざわせいどう》という。

彼はボールのような物を蹴《け》って遊んでいた。

「……お出かけかァ、ちゃんヒナちゃん？」

ようやく気づいたのか、それとも初めからわかっていたのか。不自然なほど首をぐるりとひねって、タキザワがこちらを見た。しかし瞳の中にヒナミは映っていないような気がする。

ヒナミにとっても、元は人間でありながら〝喰種《グール》〟に造りかえられ、精神まで破壊されたタキザワは、直視しづらい相手だった。

「あの」

「ヒマならオニーさんとサッカーしよっか」

タキザワがボール代わりにしていたそれをヒナミにむかって蹴り上げる。近づくそれを見て、ヒナミはひっ、と声をあげた。それはもはや性別さえわからないほど腫《は》れ上《あ》がり、鼻をそぎ落とされ、ズタズタになった生首だった。

「やっ……」

逃げるように避《よ》けると、生首が床にガゴンと落ちる。昨日聞いた、アヤトが切り落とした生首の音にも似ていた。

「キックキック！　ほら蹴ってみ！」

タン、と跳躍《ちょうやく》し、一瞬で距離を詰めたタキザワが、生首を拾い上げヒナミの鼻先まで近づける。

「なかなか割れないんだわ……。脳みそ出たら、あーんしてあげよう」

ヒナミは顔を背《そむ》け目を閉じた。見たくない、この場から逃げ出したい、助け――

「自分のものは自分で喰《く》え！」

そこで、凜《りん》とした声が廊下に響いた。〝刃《じん》〟の首領、草刈《くさかり》ミザである。ヒナミより小柄で童顔な彼女だが、アオギリ幹部の一人だった。

「いらないいなら私がもらう」

小さな手を伸ばしたミザ。タキザワは「ヒヒッ」と生首を

背中に隠した。そうかと思えばその生首を腹に抱えなおして、子供のようにケタケタ笑いながら去っていく。ヒナミはホッと胸を撫《な》で下ろした。

「気味の悪い野郎だ……」

ミザはタキザワを眺《なが》めてぼやく。

「あの、ありがとうございました」

「通るのに邪魔《じゃま》だっただけだ。気にするな」

気取ることなくそう言うミザ。

「それより、何か用事があるんじゃないのか」

「あ、はい。あの、コーヒー豆やコーヒーを淹《い》れる道具を買いにいこうと思って……」

「コーヒー?」

ミザが不思議そうに首を傾《かし》げる。

「いつもアヤトくんにお世話になってるから、そのお礼にコーヒーを」

缶コーヒーではなく、自分で豆を使って淹れたいのだとミザに説明する。

「そういえば、フエグチはアヤトと親しかったな」

ミザはなぜか羨《うらや》むようにそう言った。ただ、すぐに表情を引《ひ》き締《し》める。

「しかし、こんな明るい時間帯に一人で外出は危なくないか? 捜査官もうろついてるぞ。

戦うのは得意じゃないんだろう？」

ヒナミの主な仕事は後方支援だ。守りのために赫子《かぐね》を使うことはあっても、ミザの言うとおり、戦闘は得意ではない。能力的な問題ではなく、気質的な問題だ。それでアヤトに迷惑をかけている。

「危険があれば逃げるつもりです」

「お前の耳ならそれも可能なんだろうが……ああ、それなら」

ミザが何か閃《ひらめ》いたようにヒナミを見る。

「今日は少し時間がある。私がつき添ってやる」

「え、でも……」

「昼の眩《まぶ》しいのは苦手《にがて》だが、たまにならいい。それに、豆から淹れるコーヒーにも少し興味がある」

ミザの気持ちは嬉しいが、巻きこんでしまうようで申《もう》し訳《わけ》ない気持ちがわいた。しかしミザは「仲間に声をかけてくる」と言い残し、外出の準備に向かう。ヒナミは小さな背中にペコリと頭を下げた。


天候に恵まれ、晴れ渡った空から熱い日差しが降《ふ》り注《そそ》ぐ。

「やはり眩しいな」

真昼の地上で浮かないよう、赫子《かぐね》が出しやすくて動きやすいゆったりした服ではなく、ヒトらしい格好《かっこう》で身を包んだミザはさらに幼く見えた。普段任務上でしか関わりがないぶん、新鮮だった。

「ミザさん、お洋服姿可愛《かわい》いですね」

「やめろ、三十路《みそじ》過ぎてる」

ミザは困惑した表情を浮かべる。

「うちの一族は、全体的に小さくてな。血を色濃く受け継いだ私はひときわ小さい」

見た目のせいで甘く見られることも多いとミザが言う。もしかすると、失礼なことを言ってしまったのだろうか。「すみません」と謝ると、ミザは「べつにいい」とあっさり答える。

「白スーツの奴らみたいにババア、ババア言われるのも腹が立つしな」

白スーツは、かつて13区のジェイソンが取り仕切っていたグループだ。名のとおり、皆白いスーツで身を包み、義兄弟の契《ちぎ》りを交わしている。今はSレートの〝喰種《グール》〟であるナキが取り仕切っており、ミザの〝刃〟と組んで任務に出ることもあった。連携、といってもナキ達は自分勝手に動いてしまうが。

「ミザさんは、ナキさんのこと、よくフォローしてますよね」

力はあるものの知略《ちりやく》面に著《いちじる》しい問題があり、深く考えることなく感情的に動くことが多いナキ。そのぶん、素直で憎めないところがあるのだが、そんなナキを、ミザはかいがいしく面倒見ているような気がした。

「ハッ？　しかたなくだ、しかたなく！」

しかし、ミザは声を荒らげて否定する。キョトンとしてしまったヒナミを見て、ミザは慌《あわ》てて「こっちまで被害に遭《あ》うのはゴメンだからな」と声のトーンを落とした。

「あの馬鹿《ばか》は敵とわかれば無策でつっこむ。それだけ自分の力に自信があるのだろうが、上がそれじゃあ、しわ寄せが部下にいくだろう」

あ、と思った。

わかりきっていたことだが、彼女も上に立つ存在なのだ。

「価値観が違うと言われればそれまでだが、仲間の犠牲は少ないほうがいい。まったくなければそれが一番だが、さすがにな」

世の中そんなに甘くはないと語るミザの目は、さまざまな離別を乗り越えてきた目をしている。痛みを抱えながらも、今いる仲間のために彼女は戦い続けるのだ。

ふとよぎったのは、色の抜け落ちた白髪《はくはつ》を揺らし、孤独に戦う〝お兄ちゃん〟の姿。

金木研《かねきけん》。

ヒナミに言葉の美しさを教えてくれた人。

当時はカネキが優しく微笑《ほほえ》んでくれるたびに心が温かくなった。今はその思い出すべてが切ない。

「しかし、一般的に〝可愛い〟という言葉は、お前みたいな奴に対して言うのだろう」

知らず口を閉ざしていたヒナミに、ミザがそう言う。

「………え」

「なんというんだ、その、男が守りたくなるような？　いや、男に限らず、庇護《ひご》欲をそそるような、そんな雰囲気がお前にはある」

私とは大違いだ、とミザが言った。

悪意などいっさいない。しかし、ヒナミの息を止める言葉だった。

「フエグチ？」

守り続けた者と、守られ続けた者の間には、越えることのできない境界線があるのだろうか。

――お前はなにもしていない。

――お前の大事な人がいなくなるのはいつもお前のせい。

——お前が弱いせい。

呪いのように刻《きざ》みこまれた言葉が脳内に響き渡る。

美しい言葉を綴《つづ》りヒナミを夢中にさせた作家、高槻泉《たかつきせん》。ここではエトという名を持つ彼女。周りに優しく甘やかされたヒナミに、真実を教えてくれた。そして、彼女が書く小説の世界のように、仄暗《ほのぐら》い死の気配が香る「アオギリの樹」へヒナミを誘った。

弱い自分を捨て、強くなるためには、アオギリにいるしかないのだと。

しかし、変わりたいと願うのに、いつまでたっても助けてもらってばかり。

母親もそう、カネキもそう。

今ではアヤトに、ほんの少し前はミザにまで助けてもらった。

「私は……ミザさんが羨ましいです」

そんな本音がつい零《こぼ》れる。

「ミザさんは、いつも先頭に立って仲間を助けようとしてる。私は後ろで……みんなの陰に隠れて行動することしかできない。どうやったら、誰かを助けられるようになるんでしょう。どうすれば、みんなの役に……」

話せば話すほど、自分が情けなくなってくる。こういうところがだめなのだ。

ミザは何と言ったらいいものか戸惑《とまど》うようにヒナミを見つめていたが、口を開く。

「……お前が何を考えているのかはわからないが、それぞれ立場がある。上に立って指揮する奴もいれば、それを支える奴も必要だろう」

それに、とミザがつけ足した。

「私はお前の能力を買っている。話が通じない奴らだらけのアオギリにおいては貴重な存在だ」

貴重な〝女仲間〟だしな、とミザが言った。

「そんな話をしに、街まで来たのか？　違うだろう」

指摘され、本来の目的を思い出す。

「コーヒー……」

そうだ、とミザが頷《うなず》いた。

「まずはやらなければいけないことをやれ。話はそれからだ。眩しいしな！」

太陽の下、立ち止まっていたミザが日光を煙たがるように目を細める。

「ご、ごめんなさい」

ようやく歩きだしたヒナミの後ろでミザは息を吐《つ》く。

「ま、女なんだ。気が塞《ふさ》ぐ日もあるだろう」

ミザにも思い悩むときがあるのだろうか。聞いてみたかったが、ヒナミは言葉を飲みこんだ。

　コーヒーを淹れるための道具はいろいろあるが、アジトでも気軽に淹れられる道具を買わなければいけない。何が必要なのか把握しきれてなかったヒナミは、店の店員にあれこれ聞いて購入するものを決めていった。

　豆を挽《ひ》くコーヒーミル、ドリッパーとフィルターペーパー、お湯を注《そそ》ぐ細口のポット、抽出したコーヒーをいれるサーバー。

「あとはコーヒー豆です」

　ミザと一緒にコーヒー豆の専門店に入ると、店内いっぱいに満ちたコーヒーの香りで溺《おぼ》れそうになった。しかし不快ではない。トーカにつれられて一緒にコーヒー豆を

買いに行ったときも、こうやって香りに驚いたことを思い出す。

「すごいな」

ミザも香りの強さに驚いたようで、鼻をひくひくと動かしている。

「豆もいろいろある」

ガラスケースの中には各種のコーヒー豆がずらっと並んでいた。

「何を買うのか決めているのか?」

「あ、いえ……でも、欲しいものはあって。あの、すみません」

ヒナミは店の店員に声をかけ、香りの確認をさせてもらう。

「…………」

一つ一つ丁寧《ていねい》に確認しながら照らし合わせるのは、トーカがよく飲んでいたコーヒーの香りだ。豆の種類は覚えていないが、香りの記憶は残っている。

「これだ」

そして記憶に当てはまる匂《にお》いを見つけると、その豆を一袋分購入した。

三

「ミザ姐《ねえ》さん、お帰りなさい」

アジトに戻ると、ミザの帰りを待っていたのか〝刃〟の〝喰種《グール》〟が現れた。

「ミツシタ、変わりはないか？」

「異常なしっス。どうでした、外は」

「眩《まぶ》しかった。それとコーヒー豆の香りがすごかった」

「へー」

二人は親しげに話している。そこに上下関係はあまり感じられない。もちろん、ミツシタの目にミザに対する敬意はあるが、不思議な絆《きずな》で結ばれているような気がする。

考えてみると〝刃〟の結束力はどこか家族的だ。

ミザが少しだけ自分の一族について語っていたが、もしかすると彼女達は、生まれたときからつき合いがあり、それぞれの立場で補い合いながら生きてきたのかもしれない。そこには上も下もなく、一方通行でもなく、対等な関係があるのではないだろうか。

血塗られたアオギリにおいて仲間と繋《つな》がり合《あ》う姿は、ヒナミに安堵《あんど》の気持ちを芽生えさせた。

――私、気負《きお》いすぎていたのかな。

自分ができないことばかりに目を向けて、勝手に塞《ふさ》ぎこんで、結局周りを心配させて。

誰かに寄りかかり負担ばかり強《し》いるのは良くないが、ヒナミは、ヒナミにしかできないことを迷わず着実にやっていくのが一番良いのではないだろうか。

そう思うと、ミザが言っていた「まずはやらなければいけないことをやれ」という言葉が胸にすとんと落ちた。

「そうだアヤトはいるか？」

「霧嶋スか？　いや、見てないですね。まだ仕事なんじゃ？」

「そうか」

ミザは残念そうにヒナミの荷物を眺《なが》める。

「せっかく買ってきたんだがな。まぁ、そのうち帰ってくるだろう。旨《うま》いのを淹《い》れてやれ。じゃあな」

自分の役目は終わったと、ミザが立ち去ろうとする。ヒナミは「あの」と彼女を呼び止めた。

「ん？」

振り返ったミザに、コーヒー豆が入った袋をとり出して見せる。

「ミザさんも飲んでみませんか？」

思いがけない誘いにミザがパチパチと目を瞬《しばたた》いた。

「それはアヤトのために買ってきたんだろう？」

「でも、つき合ってもらったから。……ミザさんにも飲んでもらいたいんです」

ヒナミの言葉に、ミザがうーんと首を捻《ひね》る。

「最初の一杯はあいつにやったほうがいい気はするが……」

一拍おいて、彼女は「わかった」と頷《うなず》いた。

「ここで淹れるのは不慣れだろうし、練習台ならいいだろう。それに……」

豆の香りも良かったしな、とミザが表情を和《やわ》らげる。つられて、ヒナミの顔にも笑顔が浮かんだ。久しぶりの感覚だった。


「えっと、たしか……」

ヒナミはお湯を用意すると、まず、カップやサーバーにお湯を注《そそ》いで温める。

「あんていく」のスタッフで、いつだってコミカルだった古間円児《こまえんじ》が言っていたのだ。

『お客さんのハートに温かく染《し》みるコーヒーを作るなら、それを生み出す彼らにもホットになってもらわなくちゃね』

それを聞いた、古間と同じく「あんていく」のスタッフだった入見《いりみ》カヤが『さっさとやりなさいよ』と急《せ》かしていたが。

ヒナミは記憶を辿《たど》るよう作業を進めていく。

「手間暇かかるんスね」

ミザについてきたミツシタが興味深げにそう呟《つぶや》く。

「調理なんてそういうものだろう。富豪喰種《グール》なんて、人肉にあれこれ手を加えて食べているらしいからな」

「へぇ。ウチらも地下に潜《もぐ》ってたときは干物《ひもの》を作ってましたけど、アレとは違うんでしょうね」

コーヒー豆を丁寧《ていねい》に挽《ひ》いて、ドリッパーにセットしたフィルターに入れる。

『ここからが大事なんだよ、ヒナミちゃん』

穏《おだ》やかな口調でそう言っていたのは、「あんていく」店長の芳村だ。

ヒナミはお湯の入ったポットを手に持つと、そっと近づけた。

「たしか、最初は少しだけお湯を入れて……」

細い注《そそ》ぎ口《ぐち》から出てきたお湯がコーヒーに染《し》みこみふわりと香り立つ。ミツシタが「いい香りスね」と呟き、ミザも頷く。

『ここでちょっと待たねーとな』

面倒くさそうに、蒸《む》らされるコーヒーを眺めていた西尾《にしお》錦《にしき》。

「……次は、〝の〟の字を描くように……」

いつも見ていた。「あんていく」のカウンター席に座って。カネキも、トーカも、古間も、入見も、ニシキも、芳村も、そうやってコーヒーを淹れていた。

「お待たせしました」

ようやくできたコーヒーをカップに注いでミザに差し出す。

「じゃあ、いただくぞ」

彼女は両手でそれを受けとり、そっと口づける。ヒナミはドキドキしながらそれを見守る。コーヒーが彼女の唇《くちびる》を熱く濡らし、静かに入っていった。こくりと喉《のど》が小さく上下して、あとを追うようにもう一度ゴクンと音が鳴る。

「……旨いぞ、フエグチ!」

カップから口を離し、ヒナミを見たミザが表情を和《やわ》らげそう言った。嘘も世辞《せじ》もないのがわかる顔だ。

よかった。

そう思うと同時に、なぜか涙腺が緩《ゆる》んだ。

淹れてもらったコーヒーを飲んで、美味《おい》しいと喜ぶヒナミを優しい眼差《まなざ》しで見ていた「あんていく」のみんなの顔が鮮明に蘇《よみがえ》るのだ。

――「あんていく」は仲間を助け合う。

その言葉がヒナミの心を優しく撫《な》でた。

隠すように顔を伏《ふ》せ、指先で目元をぬぐう。気持ちを切りかえ、ヒナミもコーヒーを飲んでみようとした。

「いい悪臭がするぜ！」

突如《とつじょ》、威勢のいい声が響き渡る。

ミザがぎょっとそちらを振り返った。現れたのは白スーツの首領、ナキだ。

「ガギ」

「グゲ」

両脇にはナキの側近であるガギとグゲ。

「アニキ、〝悪臭〟じゃクセェって意味になっちゃいますよ。しかしいい匂《にお》いスね。……あ、ババアがなんか持ってら」

「コーヒーですよ兄貴」

さらにその後ろにはナキを補佐する白スーツ幹部、ホオグロと井《い》寺《でら》承《しょう》生《せい》がいる。

「んぉ、これか」

ナキがミザの手にあったコーヒーカップを奪いとると、そのまま一気に飲み干した。

「おまッ、なにすッ、間接キッ……！」

顔を赤らめ叫んだミザ。そんなことなど気にもせず、コーヒーをがぶ飲みしたナキは、カッと目を見開き、

「メエエエエエエエッ！」

と叫んだ。

「羊《ひつじ》みたいッスね」

ナキは空《から》になったコーヒーカップを覗《のぞ》きこむ。

「なんだこのコーヒー！　ブドウ販売機ぶっ壊して飲んでるヤツとちげーぞ！」

「兄貴、自動販売機です」

「これアレか、いわゆる〝ご機嫌《きげん》さんお断り〟みてェな店にあんのか⁉」

「一見《いちげん》さんスね」

言い間違いのオンパレードを繰り広げながら興奮気味《ぎみ》に騒ぐナキ。

「ババア、これどこにあったんだ」

ナキが空になったコーヒーカップをミザの目の前で振る。ミザはそのカップを乱暴に奪い返した。

「おっ、お前には関係ないことだ！　まったくなにしやがる……」

ミザはカップを握りしめたままワナワナしている。

「ガギガガ」

「グゲ」

ヒナミには、彼らが何を言っているのかわかりかねるのだが、ガギとグゲがヒナミの手元にあるコーヒーサーバーをナキに教えたようだ。中にはまだコーヒーが残っている。

「ヒナミ、お前がこれを作ったのか！」

ナキが瞳《ひとみ》を輝かせ、ヒナミの真正面に座った。

「あ、はい……。今日、道具を買ってきたので」

ナキはコーヒーを指さし「もう失敗くれ！」と言う。「一杯だろ」と訂正するミザはうんざり顔だ。

「だいたいそれはフエグチのもので……」

ナキを追い払おうとするミザ。しかしナキは前のめりになって言う。

「他の奴らにも飲ませてーから！」

ナキも首領なのだ。ナキの後ろにいた仲間達が、感動した様子《ようす》で顔を見合わせている。

ヒナミはこくりと頷いた。

「皆さんのぶん、作ります。ミザさんにも淹れ直しますね。ミツシタさんにも」

「フエグチ、でもそれは」

「ちゃんとアヤトくんのぶんは残すから大丈夫」

心配するミザにヒナミは笑いかける。

「それに私が、ご馳走《ちそう》したくなったんです」

それから、ヒナミはナキ達にコーヒーを振る舞った。

ナキがその場にいた仲間だけではなく、次から次に白スーツの〝喰種《グール》〟を呼んできたので大忙しだ。

限度を知らないナキをミザが怒鳴《どな》りつけ、そのまま乱闘が始まるのではないかという雰囲気になったところで、ナキは「じゃあ最後にすっぱいだけくれ」と強請《ねだ》る。

「ヤモリの神《かみ》兄貴にやらねーと」

ナキが慕《した》うヤモリはもうこの世にいない。どうやってあげるつもりかわからなかったが、それだけヒナミの淹れたコーヒーを気に入ったということでもある。

ヒナミがカップにコーヒーを淹れて渡すと、それを大事そうに持って「反射だぜ！」と去っていった。たぶん、感謝だろう。

結局、残ったコーヒー豆はカップ二杯分といったところか。疲れきったミザが「あとはお前とアヤトで飲むといい」と言ってねぐらに戻っていった。

ヒナミも部屋に戻り、コーヒー豆をもう一度確認する。

「…………」

四

その日の遅く、アヤトが帰ってきた。

「ナキの奴が、コーヒーカップを天に掲げてヤモリのこと呼びまくってたけど、なんだあれは」

まるで雨乞《あまご》いみてーだった、とアヤトが言う。帰ってくるなりその光景に遭遇したアヤトは、さぞかし困惑したことだろう。ヒナミもヒナミで、ナキがそんなことをしているとは思わなかったので驚いた。

事情を説明しようとしたが、現物を出したほうが早いかもしれない。

「アヤトくん、今日はもう終わり？」

「ん？　ああ。やっとな」

アヤトは手を首に添え息を吐《つ》く。任務続きで疲れも溜まっているようだ。

「あのね、ちょっとだけいいかな？　すぐ終わるから……」

本当なら、すぐにでも休んでもらったほうがいいのかもしれない。顔を伏せ、窺《うかが》うように視線だけをアヤトに向けると、アヤトはしかたがないと言わんばかりの表情で「さっさとしろよ」と言った。こういうところがトーカに似ている。

ヒナミはお湯を沸《わ》かし、道具を準備した。

「ナキが持ってたの、これか？」

合点《がてん》がいった様子《ようす》でアヤトがコーヒー豆の袋を手にとる。

「今日買ってきたんだけど、気に入ってくれたみたいで……」

「もうほとんど入ってねえな」

アヤトが言うとおり、袋はスカスカだ。それだけコーヒーを淹《い》れたということでもある。

そのおかげで手際《てぎわ》も良くなった。

ヒナミは一杯分のコーヒー豆をとり出し、挽《ひ》く。一つ一つの作業を丁寧《ていねい》に、今日の総仕上げだ。

「…………」

アヤトは道具を挟んだ正面に座り、ヒナミの作業を眺《なが》めていた。

ここで出会った当初より、見た目も、おそらく精神も成長したアヤトは、言葉のとげもいくらかとれ、ぶっきらぼうながらもヒナミを気遣《きづか》ってくれることがある。

——お前は「アオギリの樹」にいる必要……ないんじゃねぇのか。

アヤトがそう言ったのは、謀反者《むほんしゃ》を粛清《しゅくせい》するようにとタタラに言われ、動けないヒナミの代わりに、彼が手を下した日のことだった。

アヤトはヒナミに、アオギリは向いていないとも言った。彼の言うとおりなのだろう。

それでも、逃げたくないのだ。

コーヒーにお湯を注《そそ》ぐと、香りが湧《わ》き立《た》つ。ミザやナキ達はこの瞬間の香りを楽しんでいたようだが、チラリとアヤトを見ると、彼は何か考えこむようにその作業を見ている。

もともと、言葉数が多いほうではないが、黙りこむアヤトは普段《ふだん》とどこか違うような気がした。彼もまた、何か思い出しているのかもしれない。

「はい、どうぞ」

コーヒーをカップに入れ、アヤトに差し出すと、ボーッとしていたのか、ヒナミの声に一瞬間をあけてから「ああ」と反応して、カップをとる。

「…………」

アヤトは緩慢《かんまん》な動作でカップに口をつけ、コーヒーを飲みこんだ。

「…………」

「どう、かな？」

なにも言わないアヤトに尋ねると、

「……なんで急にコーヒーなんか淹れようと思ったんだ？」

と、コーヒーを見つめたまま聞き返してくる。

アヤトにしてみれば、ヒナミの行動がなんの脈絡もなく突然に見えたのかもしれない。

「アヤトくんに、お礼がしたくて」

「礼？」

どこかぼんやりしていたアヤトが、ようやくしっかりとヒナミを見る。

「いつも迷惑ばかりかけてるから」

「…………」

アヤトはもう一度コーヒーを見下ろすと、口に運んだ。沈黙のまま飲み進めていく。

そして、すべて飲み干し空《から》になったカップを置いて、言った。

「……新しい豆は俺が買っとく」

味の感想はない。しかしその言葉だけで伝わるものがあった。

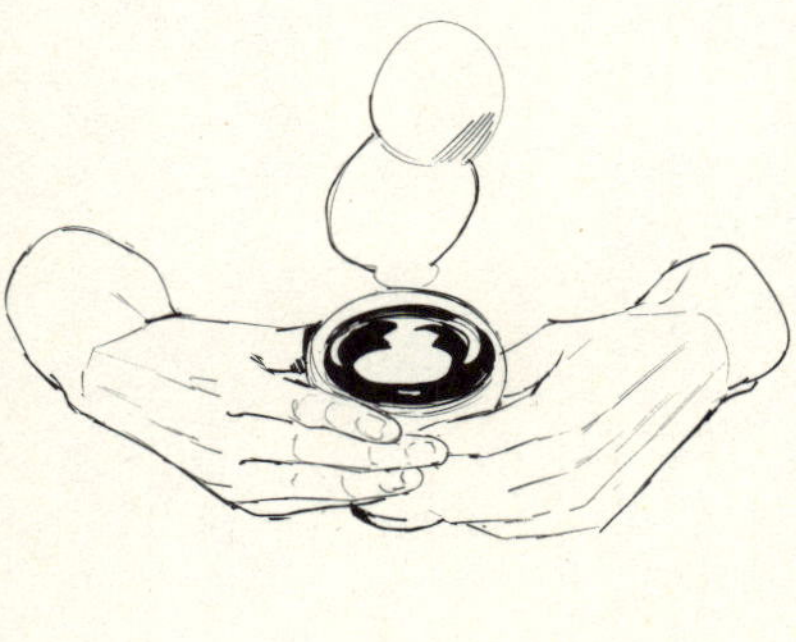

「また、淹れるね！」

大樹の枝葉に隠れ、光が見えない生活を送っていても、この先にきっと光がある。不思議とそう思えた。

それはヒナミに小さな勇気を与えてくれた。

だからヒナミは、最後にもう一杯、コーヒーを淹れる。

それを持ち、向かったのは樹の深淵《しんえん》。

「あ、の……」

軽やかな足取りで夜風を楽しむ包帯で覆われた女は、ヒナミをこの場所に誘った高槻泉であり、エトである。そばにはいつも一緒にいるノロ。すでにこちらに気づいているだろうにヒナミを見ようとはしない。

「あのっ……」

もう一度、絞《しぼ》り出《だ》すように声をあげると、ようやく彼女がこちらを見た。

「どうしたのかな、ちゃんヒナ」

フフフ、と笑う彼女に、ヒナミはコーヒーを差し出す。

「あの、これ、淹れたので……エトさんにも」

強張《こわば》る顔を誤魔化《ごまか》すように、ヒナミは無理矢理笑顔を作った。

エトはトンと跳《は》ね、ヒナミのすぐそばに着地すると興味深げにそれを見る。
周囲の空気が重くなり、呼吸も苦しくなったがヒナミはぐっと耐えた。
やがて、彼女がコーヒーカップをとる。エトがコーヒーを飲んでくれる——
「あ」
そんなヒナミの目の前で、コーヒーカップが逆さになった。
中に入っていたコーヒーが零《こぼ》れ落《お》ち、床《ゆか》にまき散らされる。跳ねた雫《しずく》が、ヒナミの足に

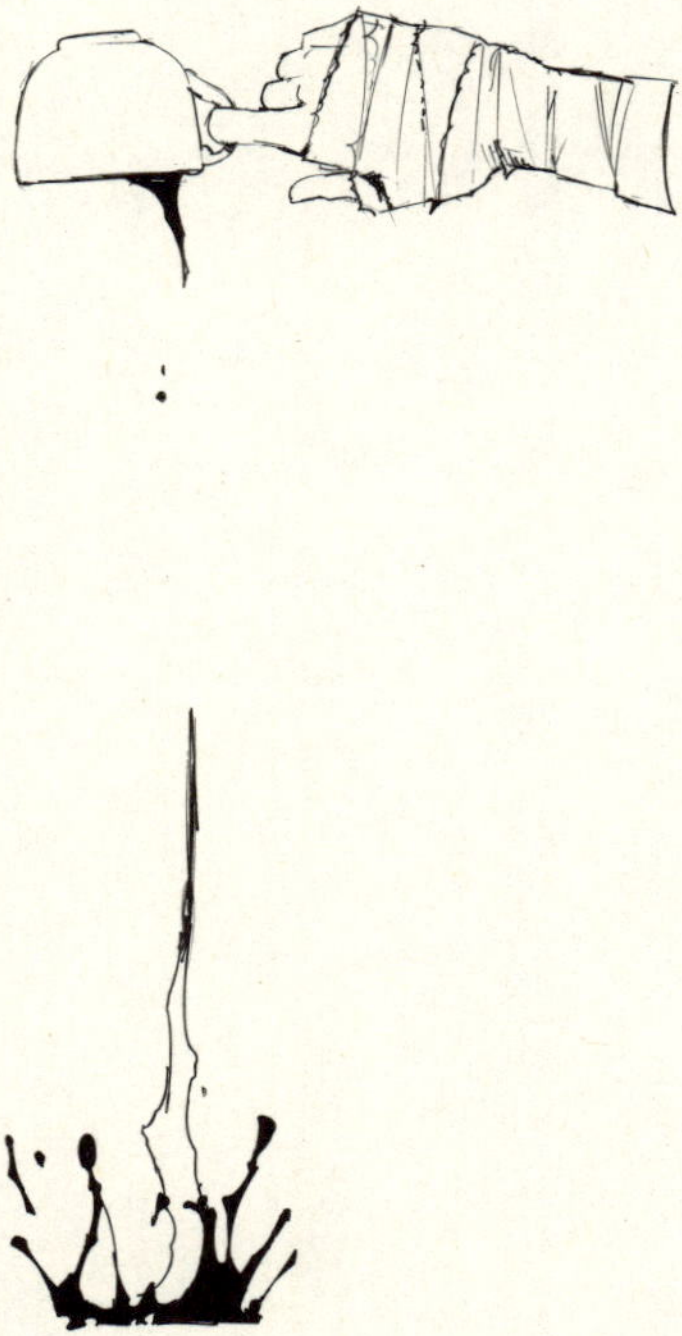

いくつも飛んだ。
エトはカップからも手を離し、コーヒーまみれの床に落とす。
ガシャン。
「ご馳走《ちそう》さま」
割れたのは、コーヒーカップだけではない。
エトはクスクス笑いながら、ステップを踏むように去っていった。
彼女が見えなくなってから、ヒナミはその場に座りこむ。
何か言おうと唇《くちびる》を開いたが、結局なにも出てこない。
熱かったコーヒーが、ぬるく、冷たく死んでいく。
わずかに芽吹いた光も絶望で塗りつぶされた。
いずれこの身も木の根に朽《く》ち果《は》て、大樹のエサとなるのだろうか。

TOKYO GHOUL:re

#003
[effect]

Novel [quest]

一

「鈴屋《すずや》さん、オヤツタイムなので手が離せないみたいッス」

とりつぎを命じられ、こちらの返事も聞かず急《せ》かす相手に、鈴屋班、環水郎《たまきみずろう》は、ことなげにそう言ってのけた

手練《てだ》れ揃いとして〔CCG〕だけではなく〝喰種《グール》〟にまでも名を馳《は》せるのは、特異な才能を持ち、異例の出世で格の違いを見せつける13区担当の鈴屋什造《じゅうぞう》を筆頭にした鈴屋班である。

班員は若手ながらも全員なんらかの勲章を所持しており、捜査員でさえ臆《おく》するような激戦区でも、目を背《そむ》けずにはいられない惨劇の中でも任務を遂行して、着実に成果を挙《あ》げ帰ってくる。

その優秀さに、教本のような規律がとれた班なのだろうと想像するニワカもいるのだが、

班長である什造の性格が色濃く出たこの班は、やることなすこと規格外だった。上の人間でさえ扱いに手を焼くことがある。

　今もそうだ。
〔CCG〕本局内にある鈴屋班の業務室。什造に用があると現れたのは、〔CCG〕のブレインである対策Ⅱ課所属、丸手《まるで》斎《いつき》だった。立場は特等捜査官だ。
　その人相手に、什造は今おやつを食べているから無理ですよ、と伝えたのが環水郎二等捜査官である。

　年相応な見た目に、派手さのない顔つき。雰囲気でいえば、ごくごく普通の大学生に見える彼だが、これでも精鋭鈴屋班の一員である。班の中では下《した》っ端《ぱ》の一人だが。

　水郎としては事実を述べただけだ。しかし、

丸手は青筋を立て「んなモン理由になるか！」と叫び押し入る。止めることができず、水郎は申《もう》し訳《わけ》なさげに彼を見た。

「どうしたですか？」

ものすごい剣幕《けんまく》で現れた丸手を見て小首を傾《かし》げたのが、鈴屋班班長、鈴屋什造である。現在准特等の彼は、丹精《たんせい》込めて作られた人形のように美しく妖《あや》しい面立《おもだ》ちをしていた。そんな彼が持っているのは、パイシューである。購入後にカスタードを入れることによって、よりサクサクの食感を楽しめる人気店の一品だ。

「オークション襲撃で聞きたいことがあるんだよ……って、おい、菓子を食うな！　いや、もういい……！」

丸手のことなど気にもせずパイシューを食べる什造に一度は注意したものの、これでは話が進まないとすぐに諦めたようだ。

攫《さら》ってきた人間で競《せ》りを行う〝喰種《グール》〟による闇のオークション。

それを潰《つぶ》すための大規模な作戦が少し前に執《と》り行《おこな》われた。鈴屋班、とくに什造は、この作戦の中心となって活躍し、大きな功績を残している。

一方丸手は、当時、同時進行で行われていた「クインケ鋼《コウ》」という、クインケ精製に必要不可欠な特殊素材移送任務に就《つ》いていたため、オークション襲撃に関して書類上でしか確認できない。そのため、什造に話を聞きにきたのだろう。

水郎は（おやつ時間なのになー）と思いながらその光景を眺《なが》めた。鈴屋班はなにをするにしても什造優先なのである。


「……丸手特等、カッカしてたですね」

休憩の合間に話を聞きにきたようだったが、書類に記載がなかった部分や、丸手独特の観点からの質問は膨大《ぼうだい》で、結局確認しきることができず「あとで俺のところに来い！」と言って丸手は去っていった。

什造は「甘い物不足ですかねえ」と言いながら手についたカスタードクリームをペロリと舐《な》める。

「鈴屋先輩、こちらをお使いあれ」

それを見て、什造のすぐそば、直立不動で立っていた阿原半兵衛《あばらはんべえ》が「用意周到半兵衛」とウェットティッシュを差し出した。

長い黒髪を中心から両側へ流した長身の彼は、什造のパートナー兼お世話係だ。水郎とは同じ〔CCG〕ジュニアアカデミー出身の同期である。

「オークションの話だったら、和修《わしゅう》准特等に聞けばわかりそうなんスけど」

丸手が所属するⅡ課には、今回の襲撃で指揮を執っていた和修政《まつり》がいた。

「……丸手特等と和修准特等は折り合いが悪いのではないかという噂がある。これだと噂が立つのもしょうがないな」

そう答えたのは猫のように大きな目が特徴的な、鈴屋班の副班長、半井恵仁《なからいけいじん》だった。捜査報告書を読んでいた彼は、その大きな目で水郎を見て「疑問を口に出す前に理由を考えろ」と凄《すご》んでくる。半井は鈴屋班最年少である水郎と半兵衛に厳しい。水郎はヒッと身を竦《すく》めた。

「水郎、その顔〝海王星《かいおうせい》〟感あるぞ。ナイスネプチューン」

言うことなすことすべて宇宙に絡《から》め、まともな会話が期待できないのは水郎の一期上の先輩、御影三幸《みかげみゆき》だ。

腕は当然立つのだが、彼だけいつも、別次元にいるかのような雰囲気がある。

「んー、丸手特等はまだまだお話ししたいようでしたね」

什造は半兵衛が出したジュースを飲んで立ち上がる。

「一息ついたし、ちょっと行ってくるです」

「ならばこの半兵衛もお供をば……！」

「半兵衛はみんなと留守番しててください」

常に什造のそばでお世話がしたい半兵衛はがっくりうなだれる。什造はそれを気にすることなく「では」と部屋を出ていった。

「……おい」

什造がいなくなってから半井が半兵衛の肩をがしっとつかむ。

「ここでは話しづらかった、ビッグマダムの件に決まっているだろう。察しろ、この能なしが」

肉を引きちぎられるのではないかというくらいの勢いで肩をつかまれた半兵衛が「ヒィイイイ、も、申し訳！」と叫ぶ。

ビッグマダム。今回のオークション襲撃で討伐《とうばつ》した最重要〝喰種《グール》〟であり、什造の育て親でもあった。どれだけ残虐《ざんぎゃく》な〝喰種《グール》〟だったとしても、什造にとっては〝親〟である。

最後に発した「おとうさん」という言葉が、水郎達の耳に残っている。

「星の成長に隕石《いんせき》は不可避《ふかひ》とはいえ悩ましいな」

伝わりづらいうえにふざけているようにも聞こえるが、御影も心配しているようだ。

普段《ふだん》と比べて元気がないとか、なんだか思い悩んでいるような気がするとか、そういった素振《そぶ》りは見受けられないが、什造なりに思うところはあるのだろう。

「この阿原、鈴屋先輩の痛みに寄り添えきれておりませんでした。ふつつか半兵衛……」

半井に解放され、床の上に座りこんだ半兵衛がクゥッと唇《くちびる》を噛む。そんな半兵衛を見ながら、

「なんか鈴屋さんが楽しくなるようなことできたらいいんスけどね」

と水郎は呟《つぶや》いた。鈴屋のためというよりも、自分がそういう気持ちに駆り立てられてしまうのかもしれない。

ただの独り言《ひとごと》だ。話はここで終わり、仕事に戻るはずだった。しかし、半井があの威圧感のある目で水郎を見つめてきたのだ。

「あっ、すみませんっした！」

怒られる！

何を怒っているのかわからないが反射的に謝った水郎に、半井が「悪くない」と言った。

「え」

「これ見よがしになにかしては余計《よけい》な波風を立ててしまうかもしれないが、日常の枠《わく》からそこまで外《はず》れず、それでいて、普段ではないような塩梅《あんばい》のことをできたらそれは良い」

半井はうんと頷《うなず》く。

「やってみろ」

お前が、すべて、完璧にだ。

言葉なくともそう命令されたような気がして、水郎は「俺一人でですか！」と叫ぶ。

「お前がセンパイを楽しませたいと言ったんだろう」

確かに言ったが、半井が提示したハードルは水郎にとって高すぎる。気持ちがあっても結果を出せる自信がないのだ。

「環君、この半兵衛も死力を尽くす所存《しょぞん》……！」

ずっと床に座りこんでいた半兵衛が立ち上がり、そうアピールするが、水郎のモチベーションは上がらない。

「助かるけどアバラと俺だけじゃ際《きわ》どい！」

「たしかに力不足感否《いな》めず……！」

鈴屋班の下っ端二人でどうしたものかと狼狽《うろた》える。それを見ていた半井がはぁ、と息を吐いた。

「手伝わないとは言っていない」

水郎の表情が一気に華《はな》やいだ。

「じゃ、じゃあ」

「ああ」

どうやら助けてくれるようだ。水郎は「ありがとうございます！」と叫んだ。

「その銀河、この小惑星も加わるよ」

御影もこの作戦に参加してくれるようだ。

「……しかし、具体的には何をすればよいのでしょう」

会議のようにそれぞれ席に着いたところで、半兵衛が控えめにきり出す。

「阿原、お前はいつもセンパイといるんだ。まずはお前がアイデアを出せ」

間髪入《かんはつい》れずに促《うなが》され、半兵衛の体が恐怖で跳《は》ねた。

「は、はいッ。ええと、鈴屋先輩が喜ぶものといえば、やはりお菓子では」

「そんなわかりきったことは求めていない。何のために生きてるんだ、この役立たずが。死ね」

申し訳ないが、わかりきった回答という

点では水郎も「たしかに」と思った。

「あ、あとは動物園にてキリン氏とのお戯《たわむ》れ……」

半兵衛はチラリと半井を窺《うかが》う。依然として彼の目は厳しい。

「そ、それから、最近だとかくれんぼでしょうか！」

「かくれんぼか。あれならまたやりたいって鈴屋さん言ってたな」

休憩時間の暇つぶしのつもりが本気で隠れた什造を見つけることができず、夜通し探すことになったかくれんぼ。什造はまたやりたいと言っていたのだが、半井が首を横に振る。

「リベンジしなければいけない課題ではあるが、今の段階ではこちらの力量不足でまたセンパイを長時間お待たせしてしまうことになる。とくに阿原と環が役に立たない」

半井が言うとおり、什造本気のかくれんぼは〝喰種《グール》〟捜索以上に難しい。半井が指揮を執り綿密な捜索をすることでようやく見つけ出せるのだ。

ちなみに、先日の本気かくれんぼで什造が隠れていたのは、壁を破壊して作った狭い空間の中だった。しかも、どうやって移動させたのか、大きな棚が穴を隠すようにぴったり設置されていて、棚の裏に穴が空《あ》けられ、人が入っているなんて思いようもない。

半井が床《ゆか》にかすかに残された、棚の移動時についたのだろう擦過痕《さっかこん》に気づかなければ、一生見つけられなかった。

しかし、であれば何をすればいいのか。

半兵衛と水郎は、頭を振《ふ》り絞《しぼ》ってアイデアを出していった。しかし、半井によってことごとく理詰めで却下《きやつか》される。

時間ばかりがたち、このままでは什造が戻ってきそうだ。

「み、御影先輩、なにかいい案ないッスか！　星の囁《ささや》き教えてくださいよ」

水郎は藁《わら》にも縋《すが》る思いで、会議に参加しているのかいないのかわからない御影に助けを求めた。

「こういうときは原点に戻って、宇宙の誕生から紐解《ひもと》くべきだ」

「んなこと悠長《ゆうちよう》にやってたら、俺らの人生終わっちゃいますって！」

「やれやれ……宇宙規模で考える習慣がないからそうなる。もっとコスモしろよ」

アテにしてなかったが実際アテにならないと腹立たしさを感じるものだ。これで腕が立たなければＮＡＳＡにでも行けと叫んでいたところだろう。

しかし、半井は御影の言葉から何か得たようだ。

「原点か……。そう考えると、やはりお菓子やデザートがいいのかもしれないな」

人の意見を否定するばかりだった半井が、ここにきてようやく考える仕草《しぐさ》を見せる。

「センパイがよく食べているものといえばプリンだ。味だけではなく、プリンのフォルムにも愛着を持ってらっしゃる」

鈴屋班の冷蔵庫には什造用のお菓子やデザートが入っているが、とくにプリンは常にきらさぬよう半兵衛が用意していた。

また、什造は皿に移し替えて食べるのが好きで、当然、形は崩《くず》れないほうがいい。そこには並々ならぬこだわりがある。

「じゃあ、美味《おい》しいプリンを買ってくるとかッスか」

行列のできる店やネット通販で上位にランクインしているもの、あるいは地方にしかない特別な品。そういうプリンを用意したらいいのだろうか。

「いや、それだと面白《おもしろ》みに欠ける。楽しむという点ではあれしかないだろう」

「あれ？」

半井はいたって真面目《まじめ》な顔で言う。

「バケツプリンだ」

半井の口から、そんな単語が出てくるとは思わなかった。

「バケツプリン、ですか？」

ようするに、でかいプリンだ。

もしかするとこれも、御影の宇宙規模というビッグな話にインスパイアされたのかもしれない。

「最初に言ったはずだ。『日常の枠からそこまで外れず、それでいて、普段ではないような塩梅のこと』と」

そう考えると、バケツプリンはぴったりのような気がする。

「ですが、そんなに食べては鈴屋先輩のお腹が心配です……」

おずおずそう言った半兵衛に半井が眼光《がんこう》鋭く「口答えするのか」と問うた。

「そ、そんなつもりはありませんがッ！　量が量で鈴屋先輩お一人じゃ……！」

逃げだしたいところだろうに、什造の健康に関わるとなると半兵衛も悩んでしまう。

「べつに、すべてセンパイに食べてもらう必要はない。こういうのはイベントだ。みんなで食べればいいだろう」

あっという間に解決してしまった。「おっしゃるとおり返す言葉もなしです」と半兵衛がうなだれている。

「えっと、じゃあ、バケツプリンってことで……。でもどうやって作るんですかね」

料理などたいしてしない水郎にとって、この手のデザート作りは敷居《しきい》が高い。しかも、普通のプリンの何倍もあるバケツプリンだ。技術が必要になりそうな気がする。

「なぁアバラ、お前作れる？」

「半兵衛、デザートはたしなまぬ故《ゆえ》……」

　半井のチッという舌打ちが聞こえ半兵衛と二人揃ってビクッとなる。そんな半井も、料理に自信があるわけではなさそうだ。

「センパイに食べてもらう以上、中途半端な味では許されない。ここは腕に覚えのある者から指南《しなん》を受けたほうがいいだろう」

「料理が上手《うま》い人ッスかー……」

　考えてみて、意外と速く思いついた人物がいた。

「安浦《あうら》特等に聞いたらいいんじゃないッスか！」

　女性でありながら対策Ⅰ課をまとめる敏腕課長、安浦清子《きよこ》。女性であれば料理が上手いのではないかという安易な考えだったが、理由はそれだけではない。半井は以前、安浦班の班員だったのだ。それならば、話もしやすいのではないかと思った。

「安浦特等はお忙しい。現実味のない案を出すな、殺すぞ」

　本当に殺しそうな目で見られて身を竦める。

「え、えっと、だったら……」

　アカデミーを首席で卒業し、クインケの研究者としても力を発揮する真戸《まど》暁《あきら》や、数年前に行われたアオギリの根城《ねじろ》である11区掃討《そうとう》戦、及び20区における「梟《フクロウ》」駆逐《くちく》作戦、どちらにも参加した五里美郷《ごりみさと》などの名前がよぎる。

それは半井も同じだったようで、

「もっとちょうど良い人選をしろ。あとお二人が料理に明るい話は聞いたことがない」と言った。真戸暁も五里美郷も、鈴屋班最年長である半井よりも年上で、交流もさほどないので頼みづらい。

水郎は半兵衛と二人で頭を抱《かか》える。このまま思いつかず話は持ち越しになるのではないだろうか。

「ハッ！　阿原、ここぞのひらめき！」

そこで半兵衛が立ち上がった。どうしたんだと見上げると、彼は「佐々木《ささき》氏です！」と叫ぶ。

「鈴屋先輩から、佐々木一等捜査官どのは料理が上手いと聞いたことがあります！」

「マジか、アバラ！」

「……確かな情報だろうな？」

半井の言葉に半兵衛はしっかりと頷いた。よっぽど自信がなければ半井相手にこうは頷けない。

「阿原この両の耳より、しかと聞きました！　鈴屋先輩が佐々木氏に戴いたケーキを一人召しあがっているのも拝見したことがあります！　先輩の満足げな表情、あれが証拠！」

光明《こうみょう》が見えてきたところで什造が戻ってくる気配を感じる。

「環、手はずを整えておけ」

「えっ」

短く指示を出され「俺ッスか⁉」と叫びそうになった。しかし言ったところで怒られるだけだ。水郎は従順に頷いた。

二

「バケツプリン？　いいよ」

数日後。佐々木琲世《はいせ》にバケツプリンのことを話すと、拍子抜《ひょうしぬ》けするほどあっさりと許可が出た。

「鈴屋班の皆さんには、僕もうちの子達もお世話になったしね」

先日のオークション掃討《そうとう》戦ではハイセ率《ひき》いるQs《クインクス》もめざましい活躍をしたが、〝喰種《グール》〟の能力を内蔵するが故《ゆえ》の不安定さを色濃く残す彼らのサポートを鈴屋班が行っていたのだ。

水郎も什造達と共に、ビッグマダムの毒牙《どくが》にさらされ窮地《きゅうち》に陥《おちい》っていたウリエと六月《むつき》を救出している。

「すみません、助かります」

感謝する水郎にハイセは「楽しそうだし」と気さくな笑顔を浮かべた。楽しめることがしたいと考えていたぶん、ハイセの「楽しそう」という言葉は嬉しかった。

話はトントン拍子で進み、Qs《クインクス》が共同生活を送っているシャトーでハイセと一緒にバケツプリンを作ることになった。材料はハイセが用意してくれるらしい。

そして約束の日。

什造をのぞく鈴屋班は、西にまだ太陽の残り火を感じる街を、半兵衛の先導でシャトーへと向かっていた。

「ぐぬ、紙袋のヒモが手にくいこむ……」

「た、環君、助太刀《すけだち》致す」

ハイセへの手土産《てみやげ》として、半井が用意したやたらと重くて分厚《ぶあつ》い「鳥図鑑セット」を持たされた水郎。しかし半兵衛は半兵衛でQs《クインクス》への土産である、エクレアの箱を持っている。

鈴屋班年少者二人の後ろでは、半井と御影が手ぶらで歩いていた。

「御影先輩、手伝ってくださいよ」

半井には触れず、両手を軽く開いて歩く御影にお願いする。

「悪いけど、星の光を浴びるのに忙しいんだ」

「今はたいして星出てないじゃないッスか」

「ミズローも心にすばる望遠鏡をつけないと」

結局手伝ってもらえぬままたどり着いたシャトー。立派な外観で中には訓練室も設《もう》けられているらしい。

「いらっしゃい、どうぞどうぞ」

チャイムを聞いてドアを開いたハイセが笑顔で水郎達を招き入れる。

「今日はすみません。これ、半井先輩から……」

人間味が若干乏《じゃっかんとぼ》しい半井だが、鳥のことは好きらしく、時間があるときには鳥を眺《なが》めている。こうやって、鳥の生態が詳しく書かれた図鑑も読んでいるそうで、ハイセが本好きと聞き、土産に選んだらしい。

「わ、すごい。写真も豊富だし、解説もわかりやすいね」

中を確認して、ハイセは表情を明るくした。

「小説ではないがそういうのもたまにはいいかと」

「うん、こういう目に楽しい本もいいな」

どうやら喜んでくれたようだ。次《つ》いで、半兵衛が「これはQs《クインクス》の皆さんに」とエクレアを差し出す。

「もらってばかりで申《もう》し訳《わけ》ないなぁ」

「材料の準備や料理の手ほどきを頼んだんだからこれくらいは気にしないでくれ」

代表するように半井が言う。水郎視点の半井は恐怖の白鬼《びゃつき》だが、こういうときは頼《たよ》りになる。

「什造くんに喜んでもらえるように僕も頑張るよ」

ハイセはぐっと親指を立てると、水郎達を中へと案内した。初めて入る人の家というものは無条件でワクワクしてしまう。

「キョロキョロするな」

半井に小声で釘を刺され慌《あわ》てて顔を正面に固定して廊下を進むと、広いダイニングキッチンに案内される。テーブルの上には卵や牛乳といった今回使う材料が並んでいた。隅《すみ》っこにはバケツもある。

「什造君を喜ばせるなら、プリンらしい見た目も大事だと思って、ちょうどいいバケツを用意したよ」

ハイセは什造のお気に入りだけのことはあって、什造のことをよく理解している。

「あと、もっと大きいのも作れるんだけど、大きくすればするほど、形を保つために固くしなきゃいけないから、プリンらしいぷるぷる感を残すならこれくらいがちょうどいいと思って。大丈夫かな？」

普通のプリンでさえ崩《くず》れやすいのだ。大きくなるとそのリスクも上がるのだろう。

「異論ないッス」

そう言ってから半井を見ると、彼も頷《うなず》いている。

「じゃあ、始めようか」

水郎達はバケツプリン作りを開始した。

水郎は卵を次々に割り、材料を混ぜ合わせていく。半兵衛は牛乳を温《あたた》める係に就任し、半井はカラメルを作っていた。御影はサポート役という一番楽そうなポジションにいる。

「牛乳、ゼラチンを投入していいよ。卵は砂糖を上手《うま》く混ぜてね。カラメルは焦《こ》げないように気をつけて」

ハイセの指示は細やかで、デザートなんか作ったことがない水郎も安心して作業ができた。やはり力がある人の下で動いたほうがためになる。

「うん、バッチリ！」

結局、一時間以上かかっただろうか。

バケツの中には甘い匂《にお》いを放つプリン液がしっかり収《おさ》まっていた。底にはきちんとカラメルも沈んでいる。

「改めて見るとすごい大きさだなぁ」

「圧倒的存在感……びっくり半兵衛」

水郎と半兵衛でバケツを覗《のぞ》きこむ。これがきちんと固まり、あのプリンの形を成すのだろうか。

まだ、表面が波打つプリン液をハイセはそっと冷蔵庫の中に入れる。

「作業を見ていたら、僕も作りたくなってきちゃった。こういう巨大化って面白《おもしろ》いよね」

ハイセの言葉に、水郎も頷いた。

「あとはこれを上手くひっくり返せるかどうかだな」

それが一番の難関なのではないだろうか。崩れてしまえば水の泡。繊細《せんさい》さに欠けるところがある水郎は「俺には荷が重い」と呟《つぶや》く。

「お皿をかぶせてひっくり返すだけだから、乱暴にしなければ問題ないと思うよ。まずは、しっかり固まってからだね」

この大きさのものを固めるなら、丸一日かかるようだ。水郎達は、明後日《あさって》の昼休みにプリンを取りにくることにした。そのまま〔CCG〕に持ち帰り、什造のオヤツタイムに出す段どりだ。

「じゃあ、プリンのこと、よろしく頼みます」

玄関先で、水郎がハイセに頭を下げる。

「うん、任《まか》せて。什造くん、喜んでくれるといいね」

三

プリン受け渡し当日。

水郎はシャトーに向かって一人走っていた。日はすでに暮れだしている。

本来なら昼休みにとりにいくはずだった。ところが、根城《ねじろ》をつかむため泳がせていた〝喰種《グール》〟が、今日、そのアジトに入っていったのだ。しかも会合をしているらしい。

海岸沿いの廃工場。潜伏している〝喰種《グール》〟は数十体。五人編成のチームが挑《いど》むには不利な人数差だ。

「行きましょう」

しかし、そこは什造率《ひき》いる鈴屋班。臆《おく》することなく潜入し、廃工場内にいたすべての〝喰種《グール》〟が床《ゆか》に転《ころ》がった。これで終わりかと思いきや、この〝喰種《グール》〟グループメンバー数名がいないことに気づく。

とり逃がした〝喰種《グール》〟は、たまたま出払っていたのだろう。ならば再びこの場所に戻ってくるはずだ。

什造達は廃工場周辺で張りこみし、予想どおり戻ってきた〝喰種《グール》〟達も討伐《とうばつ》した。

「……残り二体戻ってきてない奴がいますが、さすがに気づいたのかもしれません。ここの見張りは別班に任せて、今日はこれくらいにしておきましょう」

什造がそう言ってきり上げたときには日が暮れだしていた。これから、報告書の作成が待っている。討伐した〝喰種《グール》〟の数を考えると、作業は深夜にまで及ぶだろう。

「そういえば、お腹もすきましたね。いったん解散して一時間後に〔CCG〕集合にしましょうか」

什造の指示を聞いた半井が「承知しました」と返す。

そして、水郎に目配《めくば》せした。

――今のうちに行ってこい。

休憩なしでプリンを運ぶ馬となれというお達しだ。そうして水郎は走りだした。

「すみませーん！」

シャトーに到着しチャイムを鳴らすが、中から反応がない。本来伝えていた時間を大幅に過ぎているため、ハイセも仕事に戻ったのだろう。

諦《あきら》めきれずもう一度チャイムを押すと、家の奥から足音が聞こえてきたような気がした。

水郎はさらにもう一度チャイムを鳴らす。

すると、ドアがガチャリと開いた。

「ヘイ、らっしゃい」

出てきたのは米林才子《よねばやしさいこ》。

「あ、佐々木一等は……」

「聞いてますぜ、さ、あがりなされ……」

ドラマのワンシーンのような言い回しで才子が中へと招く。

水郎が靴を脱《ぬ》いだところで、才子が「うちのママンが『プリンは用意してあるから持っていって』と言っとりましたぜ。さ、行きなされ……」と言った。ママンとはハイセのことだろうか。確認する前に、才子は「確かに伝えましたぞえ……」と言い残し階段を上っていく。

水郎は先日プリンを作ったダイニングキッチンに行くと冷蔵庫を開《あ》けた。そこには存在感のあるバケツプリンの姿。冷蔵庫のドアを開いた振動で、表面がプルプル動いている。

「うわ、すげーな」

水郎は冷蔵庫からバケツプリンをとり出すと、ひとまずシンク台の上に乗せた。今度は直接バケツを持って前後に揺らす。中のプリンがブルンブルンと揺れる。

「おもしれー！　でもこれ、持って歩くの大変そうだな……」

水郎はなにか覆《おお》うものがないかとあたりを見渡した。キッチンにはさまざまな香辛料《こうしんりょう》が並び、一昨日《おととい》来たときにバケツプリンの材料が並んでいたテーブルには、新たに食材が入っていそうなバッグが置いてある。ハイセはよっぽど料理が好きなのだろう。

ダイニングキッチンから続くリビングにはゲーム機器があり、ゲームが好きな水郎としては、どんなゲームをしているのか気になった。

しかし、今はバケツプリンの移送が最優先事項である。

「あ、ラップ。ひとまずこれでいいか。すみません、借ります！」

棚にあったラップでバケツの上部を何重にも覆った水郎はシャトーを飛び出した。右手にクインケケース、左手にバケツプリンというなんとも不思議な組み合わせだ。

なるべく急ぎたいが、プリンが崩《くず》れては意味がない。タクシーを使うかどうかで迷う。

「……しかしほんとでかいなー」

左手にずしりとくる重み。プルプルと揺れているのがわかる。大の大人が揃って何をやっているのだと思われそうだが、大人だからこそやれることでもあるだろう。

「……楽しそうだよな」

自分がやりたいからやっているだけ。しかし、楽しんでもらえたらそれが一番いい。

水郎は、他の班員同様、鈴屋班に配属された幸運に感謝している一人だ。什造からは学ぶことだらけで、彼といるだけで自分の力を引き上げてもらえているような気がする。

だからこそ、自分も什造の力になれたらと思うのだ。傷だけを与えられた過去とは違う。

新しい何かを渡せるように。

「……とにかく今は、休憩時間内にこれを持っていかないとな」

食後のデザートにはもってこいのはずだ。今日くらいはタクシーを使っても文句は言われないだろうと顔を上げた。

「…………！」

そして視界に入った景色に足を止める。街路樹の葉が舞い落ちる並木道、行《ゆ》き交《か》う人のなか、見覚えのある人を見つけたのだ。

いや、人ではない。——〝喰種《グール》〟だ。

今日、廃工場で討伐した一味で、こちら側に顔バレしていた男の〝喰種《グール》〟が歩いていたのである。

途端《とたん》、水郎の神経が研《と》ぎ澄《す》まされ、全神経がそちらへと向いた。どこにでもいそうな明るい面立《おもだ》ちの青年が、眼光《がんこう》鋭い捜査官へと変わる。

後をつけると〝喰種《グール》〟がこちらを振り返った。水郎は物陰に隠れる。プリンがぷるんと揺れた。

「…………」

〝喰種《グール》〟はまた歩きだす。どうやら水郎に気づいたわけではなく、執拗《しつよう》に周囲を警戒しているようだ。よくよく見ればその〝喰種《グール》〟は大きな荷物を抱《かか》えている。水郎は〝喰種《グール》〟の足取りと周辺地図を脳内で照らし合わせた。

——駅だ。

水郎は〝喰種《グール》〟までの距離を詰めながら携帯を操作し、〝喰種《グール》〟発見の知らせを鈴屋班にいれる。その〝喰種《グール》〟がおそらく廃工場襲撃を知り、電車で都外へ逃走しようとしていることも添えて。

返事はすぐ返ってきた。

『やっちゃってください』

たった一言。それだけで十分だ。

ちょうどよく〝喰種《グール》〟は人気《ひとけ》のない路地裏に入り、壁に背を預けて立ち止まった。水郎はプリンを置くと、ケースを握りしめ、駆けだす。

先手必勝。

「……ッ⁉」

〝喰種《グール》〟がこちらに気づく前にケースを開いた。中から水郎のクインケ〝beef〟が現れる。尾赫《びかく》タイプのクインケで、緩《ゆる》やかな曲線を描く持ち手の先に伸びる刃《やいば》は刀のようだ。

水郎はクインケを強く握り跳躍《ちょうやく》すると、ぐっと歯を噛みしめ刃を振り下ろした。

「ギャアアアアアア！」

突然の奇襲に〝喰種《グール》〟は赫子《かぐね》を出す間もない。水郎のクインケが〝喰種《グール》〟の肩口から一気に肉をたち、心臓まで到達した。

「ハッ！」

乱暴にクインケを引き抜き、刃先で喉《のど》を突く。

「ガハッ……」

〝喰種《グール》〟は大量の血を噴出して、その場に崩れた。これで終わりだ。そう思った瞬間、背後から強烈な殺気を感じる。

「……あたしの男になにすんのよおおおおおおッ!!」

振り返るよりも早く体を伏《ふ》せていた。水郎の頭があった位置を鞭《むち》のようにしなやかな赫《かぐ》子《ね》が通過する。赫子《かぐね》は壁に激突し、破壊されたコンクリート片《へん》が飛んだ。

「鱗赫《りんかく》」

先に殺した〝喰種《グール》〟が立ち止まっていたのは、彼女を待っていたかららしい。そして、彼女が今日討伐した〝喰種《グール》〟組織の最後の一人。分析が甘いと半井に怒られそうだ。

「クソが死ねオラァッ！」

男を殺され逆上した女喰種《グール》は見境《みさかい》なく突進してくる。虚《きょ》を突かれた形だが水郎は落ち着いていた。

これでも〝喰種《グール》〟の年間討伐数、五十体以上を記録する銀木犀章《ぎんもくせい》の受章者だ。そしてなにより、鈴屋班の一員である。

「っと」

水郎は壁を蹴りつけ、女喰種《グール》の頭上を飛び越えた。そして、背後をとるやいなや、女の腰、〝喰種《グール》〟の力の根源、赫包《かくほう》がある位置を正確に突き刺す。

「ヒッ！」

えぐるようにぐるりと回して、クインケを引き抜いた。禍々《まがまが》しい力を発揮していた赫子《かぐね》が形を保てず崩れだす。

「チクショウ、てめぇ……くそッ」

ここにきて女喰種《グール》は冷静になったのか、こちらに背を向け走りだした。

逃がすはずがない。

水郎は急速に加速し、女喰種《グール》の腰から首に向かって一気に斬《き》り上《あ》げた。

「ヒギャッ」

女喰種《グール》の体が浮き上がり、重力に引かれるまま落ちていく。そして――

「あっ、ウソだろ、ちょっと待って――ッ」

道の脇《わき》に置いていたバケツプリンに落下した。

「うわあああああああああ！」

突然の落下物から身を守る術《すべ》など、バケツにもプリンにもない。バケツはひび割れ、プリンもまた押し潰《つぶ》され四方八方に飛んだ。

「うわ、ああああ……」

女喰種《グール》の下に、潰れたバケツとぐちゃぐちゃになったプリンが散らばる。

女喰種《グール》にとどめを刺すという捜査官としては冷静な行動をしながらも、頭の中は真っ白だった。

無事な部分はないかと思ったが、女喰種《グール》の真下にあるプリンにそんなところがあるはずがない。

「うわあああ……」

もはやそう言うことしかできず、水郎は頭を抱えた。

「ミズロー、やったですか？」

〝喰種《グール》〟二体を討伐してからほどなく、〔ＣＣＧ〕本局にいた鈴屋班が到着した。

水郎は血の気の引いた顔で「やっちゃいました……」と返す。やってしまったの意味が違うが。

「環君、顔色悪し……！」

「天体の青方偏移《せいほうへんい》かな」

「怪我《けが》はないようだが」

半兵衛、御影、半井も現れ水郎に声をかける。〝喰種《グール》〟二体を無傷で倒したというのにがっくり肩を落とす水郎を不思議に思っているのだろう。水郎はどうきりだしたらいいかわからず、うなだれたままだ。

「あれ？　甘い匂《にお》いがするです」

すると、什造が鼻をスンスンとならしてそう言った。曲がっていた背骨がピンと伸びる。

「プリンの匂いです。しかも大量に」

什造の言葉を聞いて、半井達も何か察したようだ。

「……す、すみません！」

水郎は二つに折れそうな勢いで頭を下げた。

「とどめを刺したら〝喰種《グール》〟が倒れたところにプリンがあってそれで……」

「プリン？」

何のことかわからず什造が首を傾《かし》げる。

「プリンがいっぱいおいてあったですか？」

「いやあの、いっぱいじゃなく、一つなんです……」

「？」

どこまで話していいかもわからずしどろもどろになる。助けを求めるように半井を見ると、彼はしかたがないと言うように息を吐いた。

「センパイ、実はセンパイのおやつ用にと、プリンを用意していたのですが……」

そして、詳《くわ》しく説明しようとしたところで別の声が入る。

「あ、いたいた、環くーん！」

こちらに向かって駆けてくるハイセだ。

「ハイセです。あ」

什造はタカタカと彼に近づき、ハイセが肩にかけていた大きなバッグをつかんだ。

「あっ、やっぱ気づいちゃうか。ゴメンね、作ったアレ、バラしちゃってもいいかな？」

バケツプリンのことを言っているのだろうか。しかし、そのプリンは〝喰種《グール》〟ともどもご臨終《りんじゅう》してしまったのだが。

わけがわからない水郎の目の前で、ハイセが持っているバッグをあさった什造がバケツをとり出す。

「えっ」

そこにあるのはバケツプリンだった。

「わー、すごいです！」

普段《ふだん》食べているプリンの何倍もあるバケツプリンに什造が声をあげる。

「えっ、えっ、なんで⁉」

水郎は什造が持っているバケツプリンと、〝喰種《グール》〟の下敷きになってしまったバケツプリンを交互に忙《せわ》しなく見た。

「実は、みんながバケツプリン作ってるの見て僕も作りたくなっちゃってさ。あのあと、Qs《クインクス》用に作ってたんだ」

「で、でも冷蔵庫には一つしか」

「うんそう。鈴屋班のぶんはこの保冷バッグに入れて、テープ

ルの上に置いていたんだ」

水郎の記憶の中、テーブルの上に置いてあったバッグとハイセが持っているバッグが重なる。

「才子ちゃんに、バッグの中にバケツプリンを入れて用意してあるからそのまま持っていってもらってって言ってたんだけど、伝達ミスがあったみたいだね」

帰宅したハイセがそれに気がつき慌《あわ》てて持ってきたようだ。

ちょうど〔CCG〕の処理班も到着し、大量のプリンにまみれた〝喰種《グール》〟の死体を回収していく。

「鈴屋班のみんなが作ったプリンは、什造くんが好きそうな甘さや固さに調節して、それこそ什造くんのために作ったものだからね。やっぱりこれを食べてもらわないと」

ハイセは什造を見て笑いかける。

「これ、ミズロー達が作ったですか」

手にずしりと重みがあるプリンを見て什造が言う。

「はやく食べましょう！」
〔CCG〕に戻り、バケツプリンの横に、大きな平皿を用意した。

水郎達が作ったプリンは無事だったが、ハイセが作ったプリンはご臨終である。こっそり事情を話すと、ハイセは少なからずショックを受けているようだったが、すぐに「戦闘なんだからしかたないよ」と言ってくれた。

後日またお詫《わ》びとお礼に行くことにして、みんなでバケツプリンを囲んでいる。

「それではプリンひっくり返しをば……」

普段から什造のプリンをひっくり返す係をしている半兵衛が、平皿でバケツの口にふたをするように合わせる。什造はキラキラと目を輝かせ、水郎も、自分が作ったからというよりも日常ではあまりない光景に高揚し、熱い視線を送った。

「ホッ！」

半兵衛はプリンを器用にひっくり返し、皿をテーブルの上に置く。空気孔《こう》がないバケツでは、プリンもなかなか下りてこない。半兵衛がバケツを小刻《こきざ》みに揺する。

「なかなか落ちないッスね」

「手強《てごわ》し……！」

「はんべーファイトですー！」

半兵衛は根気強くプリンを揺らし続けた。すると、ようやくバケツとプリンの間に空気が入ったようだ。

頬《ほお》を膨《ふく》らませて、一気に息を吐くような不思議な音を立てながら、プリンがズドンと皿の上に落下した。

「おお」

「こうやって最初にビッグバンが起きたんだろうなー」

腕を組んで見ていた半井も、相変わらず宇宙で頭がいっぱいの御影も興味深げにそれを見る。

「ゆきます」

半兵衛はゆっくりとバケツを持ち上げた。見えてきたのは黄色いプルプルボディ。零《こぼ》れ落《お》ちるカラメルが皿に広がっていく。

「……ハッ」

最後に勢いをつけてバケツから外《はず》すと、中から人の頭より大きいのではないかというプリンが現れた。

「おおおおおおー！」

什造は皿に手を置き、前後に揺する。動きに合わせてプリンが揺れる。

「……すごいです！」

型崩れもしていない。いっそ神々《こうごう》しささえ感じる。

「ちゃんとプリンッスね！」

「素晴《すば》らしき！」

「自重《じじゅう》で潰れないようしっかり計算されて作られているんだな」

「このプリン、第二宇宙速度で打ち上げよう」

思い思いの感想を述べ、プリンを眺める。

「それでは鈴屋先輩、入刀の儀を」

半兵衛がスプーンを渡すと、什造がプリンを何度かつついて感触を楽しんでから、中に差しこんだ。一口分すくい上げ、口の中へ放りこむ。柔らかいプリンは、するりと什造の喉を通っていった。

「……おいしーです！」

什造はそのままパクパクを食べ始める。

「みんなも食べるといいですよ」

言われて、水郎達もスプーンをとった。

「そういや今日、朝から何も食ってなかったッス」

多めにとって口の中に放りこむと、控えめな甘さがじんわり口内に染《し》みこむ。

この手のものは大味《おおあじ》になりがちだが、このプリンはまったくそんなことはない。

ハイセは味に飽きたとき用に、ホイップクリームや、カットフルーツなども保冷バッグに入れてくれていた。

男五人で食べるうちに、あれだけ大きかったバケツプリンは崩れ小さくなり、最後に残ったのは平皿だけ。

「ふぁー、お腹いっぱいです」

什造が満足げにお腹をさする。

「でも、どうしてバケツプリン作ろうと思ったですか?」

什造の疑問に水郎は頭を掻《か》いた。ビッグマダム討伐の件がきっかけであるとは言いたくない。

「……楽しそうだったからッス!」

出した答えに什造や半井、御影も納得しているようだ。什造は大きな目で水郎を見て、

「楽しかったです」

と笑った。

後日。

病院の一室で、四つ足の丸いすに腰掛け、足をぷらぷらさせながら什造は話す。

「すっごく大きいんですよ。僕の頭よりも。プルプル揺れて可愛《かわい》いんです」

窓際のテーブルには買ってきた花。ベッドには目を閉じ横たわる男。

什造のかつてのパートナー、篠原幸紀《しのはらゆきのり》。かつて不屈のシノハラと呼ばれた男は、静かに眠り続けている。

「みんなで分けて食べました。同じ味を知ってるんですよね。なんだか不思議です。昨日《きのう》のプリン美味《おい》しかったですねって言ったら、みんな美味しいって言うんです」

言葉が止まるたびに篠原の呼吸が聞こえる。たとえ目を覚まさずとも、彼は生きている。

什造にいろんなことを教えてくれた人。

什造を、我が子のように想ってくれた人。

「……篠原さん」

昔、篠原が自分の師匠である伊庭《イバ》の話をしていた。伊庭は、篠原が結果を出したとき、自分のことのように喜んでくれていたそうだ。

その篠原も、什造が結果を出したとき、自分のことのように喜んでくれた。そして根気《こんき》強く支えてくれた。

あのときの什造は、そんな篠原の気持ちがわからなかったけれど。

什造はふふ、と穏《おだ》やかに笑った。

「篠原さん」

什造は篠原にそっと語りかける。

「僕は今、篠原さんと同じ気持ちなんですよ」

TOKYO GHOUL

#004
[sponse]

Novel [quest] — :re

一

振り返った記憶のなかにいる彼は、だいたいどの時期でも面倒臭《めんどうくさ》いのだが、これは彼がネガティブで面倒臭かった時期ではなく、ポジティブで面倒臭かった時期の話である。

「……さあ撮《と》りたまえ、僕を！」

「やだよ」

会話は三秒で終わった。

人が行《ゆ》き交《か》う商店街。夕飯用の買い出しか、肩にエコバッグを下げた主婦の様子《ようす》が大き

な窓からうかがえる喫茶店の中、季節のフルーツパフェを食べ終わった掘《ほり》ちえはそう言い放った。

シックで落ち着いた喫茶店にいるには違和感のある小学生のような見た目。中身はすでに成人ずみの大学生である。詳しく言えば、大学にはほとんど行っておらず、趣味のカメラを相棒に、西に東に駆け回っているフリーのカメラマンだが。

「じゃあ、このへんで」

「待つんだ、掘ッ！」

パフェも食べ終わり、用はすみましたとばかりに立ち上がったホリチエに対し騒々《そうぞう》しく止めてきたのは、整った容姿とモデルのような体軀《たいく》を持ち、街を歩けば芸能事務所から声をかけられるという、ホリチエ的にはうるさい見た目の男、月山習《つきやましゅう》である。

常に自信ありげで周囲の注目を集める彼が、〝美食家〟と呼ばれ〔CCG〕からマークされている〝喰種《グール》〟だというのだから、世の中わからない。

そんな〝喰種〟である月山と、人間であるホリチエが、喫茶店で向かい合い会話をするという奇妙なシチュエーションのなかにいるのは、二人が高校の同級生であることに起因《きいん》している。

高校内でも人気が高く注目の的だった彼の外面的評価ではなく、もっと奥底から臭《にお》う他者との差異を「なんだか面白《おもしろ》そう」という好奇心のままファインダーごしに見つめ、結果的に彼の捕食シーンを撮ったのがきっかけで、奇妙な関係を結ぶこととなった。

今日も前々から頼みたいことがあると言われ続け、いい加減《かげん》断るのも面倒臭くなったのでやってきたところである。

「掘よ、なぜ君はそうもWhim《気まぐれ》なんだい！ 旧友からの頼みじゃないか、とりあえず座るといい、何が食べたいか言ってごらん子ネズミ」

「月山君いつも人のことペット扱いしてるじゃん、ホットケーキ」

「ハハハ、飼われている自覚があったのだね。そこのレディ、彼女にとびきりのホットケーキを！」

月山が指をパチンと鳴らして女性店員に注文する。ホリチエが座り直したのを見て、彼はきり出した。

「掘よ、話は最後まで聞きたまえ。これはビジネスだ」

「ビジネスー？」

飲み終わってしまったミルクセーキの氷をストローでカラカラと回しながら、ホリチエが聞き返す。

「そう。実は今度、別荘に行くことになってね」

ホリチエはストローから手を離し「あれ？」と首を傾《かし》げた。

「とうとうカネキくんに捨てられてお役御免《やくごめん》になったの？」

常に己の舌を満足させる美食を追い求める彼は、魅惑の食材である隻眼《せきがん》の半喰種《グール》、金木《かねき》研《けん》にご執心《しゅうしん》だった。月山とはそれなりにつき合いがあるが、ここまで一つの食材にこだわり続けているのは見たことがない。今もカネキのために尽力《じんりょく》しており、彼からの信頼を得る努力しているようだが、喰《く》うつもりが喰われつつあるのではないかとホリチエは思う。

そんな彼と離れて別荘滞在とは、ついにカネキも嫌気がさして月山を追い出したのだろうか。

「ハハッ！　そんなわけnothing《ナッシング》、僕は彼の剣、心は常に彼の枕元さ」

「家まで用意したのにみんなにハブられてるんでしょ？」

「パトロンである僕がいたらみんなも気を遣《つか》うだろう？　これも数ある紳士のたしなみの一つ……」

「ご馳走《ちそう》さま。その話長そうだから帰るね」

「待ちたまえ、食事はゆっくり楽しむものだよ。アフターティーはいかが？」

「オレンジジュースでいいよ」

月山はこほんと咳払《せきばら》いをして話を戻す。

「今度の連休にうちの別荘でガーデンパーティーがあるんだけど、そこで、スピーチをすることになっていてね。その姿をカメラにおさめてほしいんだ」

「へぇ」

月山は〝喰種《グール》〟でありながら由緒正しい家柄で、誰もが一度は耳にしたことがある月山グループの御曹司《おんぞうし》でもある。

「それと、これはサプライズなんだけど、うちの使用人達に日頃の感謝を伝えたいと思っているんだ。思い出として残したくてね」

月山家は、社員はもちろん、抱える使用人の数も多い。ホリチエはようやくやってきたホットケーキを食べながら「マメだねぇ」と心の中で思う。独善的なエゴイストの面が目立つことも多いが、気に入ったものや身内に対する配慮は細やかで、そのへん、育ちの良さを感じさせる。

「もちろん、報酬ははずもう。どうだい掘、受けてくれるね？」

確認の言葉にホリチエはうーんと唸《うな》って言った。

「……やっぱ面倒臭い」

「Haaaaahn!?」

声を荒らげる月山に「だって興味ないんだもん」と返す。

ホリチエの写真活動は実に気ままだ。社会的に価値の高い写真を撮ったかと思えば、なんの意味も面白みもない写真を撮ったり、お金のために仕事を受けたかと思えば、お金なんかにまったく左右されないこともある。

今は撮りたくないものを撮る気分ではなく、お金で動くテンションでもなかった。

こういうときのホリチエは、それこそ殺されそうになっても言うことを聞かないことを知っている月山が「Hmm……」と唸っている。

オレンジジュースも飲み終わりそうだ。タイムリミットが近づく。

「……ああ、と。そうだ掘、君、花に興味は？」

彼にしてみれば苦肉の策だっただろう。

「花？」

「そう！　うちの別荘には種々様々の花が咲き乱れ、芳醇《ほうじゅん》な空間が広がり、そこはまさにユートピアに等しい！」

月山は両手を広げ、身振り手振りで説明を始める。

「希少価値の高い品種も多々あるし、とくに薔薇《ばら》は見事なものだよ！　今回のガーデンパーティーも、薔薇の季節に合わせて行われるのさ。足繁《あししげ》く通い、眺《なが》めたい景色がそこにはあるよ」

ホリチエは最後の一切れをフォークで突き刺した。

「ああ、そう。行く」

「だからそうやって聞きわけのないことは言わずに……なんだって？」

思いがけない手の平返しに月山は一瞬ついていけなかったようだ。ホリチエは「行くってば」ともう一度告げる。

「……どういう風の吹き回しだい？」

提案しておきながら、ホリチエが食いつくとは思っていなかった月山が困惑しながら尋ねてきた。

「花の素材写真はちょうど欲しかったんだ。月山君のところの薔薇なら見栄《みば》えもいいだろうし」

月山の実家にも手入れが行き届いた薔薇園があるのだが、月山がこれだけ推《お》す薔薇園となると、さらにすごいものが見られるのではないだろうか。行くと決めてしまえば、月山の別荘を散策するのも面白そうだ。

「でも、パーティーって〝喰種《グール》〟だらけなんでしょ。私、食べられちゃうんじゃない？」

顔をつき合わせて普通に話しているものの、ホリチエと月山の間には人と〝喰種《グール》〟というハッキリとした境界線がある。

ホリチエの写真活動には命の危険がつきまとうものも多いが、べつに生き急いでいるわけではないし、いつ死んでもいいと思っているわけでもない。

今この瞬間、やりたいことをやっているだけなのだ。その今は続くに越したことはない。

「それは心配ご無用さ。使用人には僕から話しておくし、来客にも君が人間だとバレないよう手はずを整えておこう」

「OK。ま、いろいろ準備したところで、何か起きるときは起きるし、起きないときは起きないからね。適当にやらせてもらうよ」

ホリチエはぐっと背伸びをしながら立ち上がる。

「そんじゃ、今度の連休ね。今回は先払いがいいな。いつもの口座で」

「ウィ。まったく抜け目ない。そのぶん、素晴らしい写真を期待しているよ。僕が最も輝く瞬間を切りとってくれ」

ホリチエは「最高に輝く瞬間ね」と復唱す

る。そして、伝票を月山に押しつけカフェを出た。

二
「ほー、すごいもんだね」

約束の日、当日。

口座に振りこまれた金を使ってやってきたのは、湖畔に佇《たたず》む豪邸だった。

外周は赤煉瓦《あかれんが》の塀と美しく剪定《せんてい》された木々で囲まれており、重厚な鉄の門の向こうには色とりどりの花に囲まれた中世ヨーロッパを彷彿《ほうふつ》とさせる屋敷がある。

ホリチエはそんな屋敷の正面からではなく、裏手側に回りチャイムを鳴らした。少し間を開けて屋敷から人が現れる。

「……時計が読めないのか、モルモット……遅刻だ！」

苛立《いらだ》ちを隠すことなくホリチエを非難したのは、月山家の使用人、カナエ＝フォン・ロゼヴァルトだった。

使用人といっても〝彼〟は月山家の分家にあたる一族の出で、どことなく月山に似ている。こうやって月山の正体を知る人間、ホリチエの対応を任《まか》されているのだから、月山からの信頼も厚いのだろう。

「ちゃんと来たんだからいいじゃん」

「Scheiße《鼠畜生》。貴様《きさま》、ここがどこだかわかっているのか」

「月山くんちの別荘」

「Ja《そうだ》! 下等な鼠《ねずみ》の入れる領域ではない……習さまのご招待があってこそだと言うのにノコノコと遅刻など……!」

カナエはとげがついたままの薔薇《ばら》をホリチエの頬《ほお》にあてる。カナエは昔からホリチエを敵視しているのだ。

「貴様の首など、この薔薇のように容易《たやす》く切り落とせるのだ……!」

「君の気持ちはわかったけど、月山くん、私を殺すために呼んだわけじゃないでしょ?」

「………ッ」

ホリチエがここに来た理由も、カナエはきちんと聞いているはずだ。カナエはギリ、と歯を噛みしめ、背を見せる。

「……黙ってついてこい……ドブ鼠!」

歩きだしたカナエの後ろについていくと、屋敷の勝手口から内に入り、個室へと案内された。

個室といっても天井にはシャンデリアがきらめき、室内には高価な調度品が並んでいる。ホリチエは「ほー」と部屋の中を見渡した。

「着替えろ」

カナエが用意していた服をホリチエに投げつけてくる。

「使用人の服?」

「〝我々〟と同様の匂《にお》いを含ませてある。貴様のような品のない人間が紛《まぎ》れこんでいても、その悪臭がゲストの方々にまで漂わないようにな」

「なるほどね」

広げてみると、ホリチエが普段《ふだん》は着ないようなこじゃれた服だ。布の肌触《はだざわ》りも良く、相応の品だろうことがわかる。

「これ、汚しちゃってもいいの?」

お目当てのものを撮《と》るためなら、砂埃《すなぼこり》にまみれることも、泥に寝転ぶことも躊躇《ちゅうちょ》しないホリチエだ。この服も、ボロボロになる可能性がある。

「お前が着た服を私が洗濯するとでも?」

使い捨てるという意味だろう。カナエは「はやくしろ」と言い残し、部屋を出ていった。

カナエは出会ったときからホリチエに対して辛辣《しんらつ》だ。

「難儀《なんぎ》なもんだねぇ」

ホリチエはカメラをサイドテーブルに置くと、カナエが用意した服に袖《そで》を通す。サイズはぴったりだ。

服を慣らすように体を捻《ひね》っていると、ドアがノックされる。

「やぁ、掘！　遠路はるばるご苦労だったね」

「はーい」

姿を見せたのは月山だった。背後にはカナエと、黒目がちで知的な女性が立っている。その顔に覚えがあった。

「あ、松前《まつまえ》先生だ。こんにちは」

「おや、僕に挨拶《あいさつ》したまえ！」

松前はホリチエと月山が通っていた晴《せい》南《なん》学院大学付属高等学校で教師を務めていたのだ。月山の学校生活をサポートするために潜入していたのだろう。そう考

えると、あの学校には月山家の息がかかっていたのかもしれない。

松前はホリチエの言葉に反応することなく静かに佇《たたず》んでいる。彼女としても、ホリチエは歓迎できる客人ではないはずだ。ただ、月山の意思を尊重し、よけいな口を挟むことはない。つき合いも長くなってきたので、松前なりに、ホリチエがどういう人間かも理解しているだろう。

ホリチエが「はいはい、ちゃんと来たよ」と月山に言うと、松前も先ほどの挨拶に応《こた》えるようにかすかに頭を下げた。

「ふむ、服のサイズは問題なさそうだね。たまにはこういうコケティッシュなスタイルもいい。ファッションは自身を輝かせるエッセンシャル……」

ホリチエは月山の話を聞きながら無造作《むぞうさ》に袖をまくった。

「Hey!　その着こなし、ナンセンス！」

「写真撮りにきたんだから、身動きしやすいようにしなきゃだめじゃん。撮んなくていいならいいけど」

ホリチエはサイドテーブルに置いていたカメラを持ち上げ首にかける。月山の背後に控えていたカナエの表情が一気に険《けわ》しくなった。ホリチエと月山の会話は、彼を敬愛する者には刺激が強そうだ。

「んで、写真はどこから撮ったらいいの？」

だからといって気を遣《つか》うつもりもなく、勝手に話を進める。月山は「これだから君は」と嘆《なげ》くように首を振ったあと、

「……と、その前に。せっかくだ。この別荘を案内するよ」

と言った。

月山は、カナエと松前に業務に戻るよう声をかけ、先導するように歩きだす。

「まずこの屋敷。月山家が所有する別荘の一つで赤煉瓦造りの建築さ。夏は涼しく、冬は暖かい。暖炉に火をくべることもあるね。まるでアンデルセンの世界に入りこんだかのようなメルヒェンを体験できるよ」

「月山君の存在自体がメルヘンっぽいところあるけど」

「merci《メルシー》」

「褒《ほ》めてないけど」

廊下を進みながら、月山はさらに説明する。

「地下には年代物のワインが保管されているんだ。熟成部屋や燻製《くんせい》部屋なんかもあるね。調理場には専属のシェフがいて、その腕をふるっているよ。僕が〝美食家〟を名乗れるのも、こういった恵まれた環境と食育の賜物《たまもの》さ」

裕福な御曹司《おんぞうし》による美食語りと聞けばありきたりだが、ワインは人の血で作られたもので、熟成されているのも燻製されているのも人間である。これが人間との激しい対立の由《ゆ》縁《えん》だが、パンダが笹を、コアラがユーカリを食べるのと同じように、人からしか栄養摂取できないのだ。

生きている以上、食べられるのはごめんだが、絶滅するまで食い荒らしてしまう人間に比べれば〝喰種《グール》〟は可愛いほう……と言えなくもない。

「君に食べさせてあげることができなくて残念だよ」

心底残念そうに言うので「私はパフェとかでいい」と返す。

「そしてここが、エントランスホールだ」

長い廊下を抜けた先にあったのは、ホリチエが着替えた個室にあったものとは比較にならないほど豪華なシャンデリアが下がるエントランスだった。

「月山君ちってホントお金持ちなんだねぇ」

ファインダー越しに覗《のぞ》き拡大したシャンデリアは支柱が乳白色のガラスで覆われ、いたるところに花を模した装飾品がつけられている。ランプの部分には小鳥や蝶のガラス飾りがついており美術館の展示品にあっても遜色《そんしょく》なさそうな極彩色のシャンデリアだ。

「お祖父《じい》さまがヴェニスで一目惚《ひとめぼ》れして購入したものさ。芸術的価値が高いものだと聞いているよ。他にもお祖父様が外遊先から持ち帰ったものがここには多くあってね。元をただせばこの別荘は、その購入品を置く倉庫として作られたものなんだよ」

「ほー」

「君のような一般庶民には、本来お目見えするはずのない品々だらけだ。そのクルミのような目にしっかり焼きつけておくといい」

ファインダー越しにシャンデリアを見ていたホリチエは、写真を撮ることなくカメラをおろし、裸眼《らがん》で見上げる。

「さ、お次は庭へ出るよ」

外に出ると、本物の蝶がホリチエの前を横ぎった。庭の芝生は美しく刈られ、どこからか鳥の鳴き声が聞こえてくる。

「ここが自慢の薔薇園だよ」

そこにあったのは、薔薇で飾られたゲート。それを潜《くぐ》ると、細い煉瓦道の両脇に薔薇が咲き乱れていた。品種はさまざまで、触れがたい鋭利な花弁を持つものもあれば、鞠《まり》のようにふっくらとした形の薔薇もある。

「ほー」

月山が自慢したくなるのも納得できる美しさだ。

ホリチエはそばにあったガーデンフェンスに絡《から》みつく薔薇を見た。淡いピンク色をしたそれは、レースのような花弁が幾重《いくえ》にも折り重なり、甘い香りがする。

「それはファンタンラトゥール」

「ファンタンラトゥール？」

「Ya《そう》。オールドローズに分類される、古い品種の一つさ。名の由来はフランスの画家、アンリ・ファンタン＝ラトゥールからきている。『薔薇を描かせたら彼の右に出るものはいない』と言われていたそうだよ」

よく、すぐにそんな情報が出てくるものだ。

「手入れ大変そう」

「……人の話を聞いているのかい？　まぁ、君の言うとおり、薔薇は僕らの愛情を試すような花でもある。手塩にかけて育てなければ、美しい花は咲かない」

ホリチエはカメラを構え、その薔薇にピントを合わせた。しかし、結局手を下ろす。

「おや、撮らないのかい？」

「んー、今はいいや。それより、スピーチってどのあたりでするの？　撮影の位置確認しときたいんだけど」

「Humm……。まぁ、いいさ。君が仕事に意欲的で僕も嬉しいよ」

こちらへ、と月山が薔薇の小道を進んでいく。すると奥に、四方《しほう》を薔薇で囲まれた広場があった。中心にはドーム状の屋根をギリシャ風《ふう》の柱で支えるガゼボが見える。月山家の庭によく用いられているものだ。このガゼボには薔薇のツタが這《は》い、白い支柱によく映《は》えていた。

ここがパーティー会場になるらしく、使用人達が会場の準備に勤《いそ》しんでいる。

テーブルの両端に立ち、白いレースのテーブルクロスを優しくかけていたメイド服の女性と、ワイシャツの上にストライプのベストを着用した青年が月山に気づいて一礼した。

「やぁ、アリザ、ユウマ。気にせず作業を進めてくれ」

彼らはもう一礼するとテーブルクロスのシワを伸ばし、別のテーブルへと小走りで駆けていった。その姿を見送りながら、月山がふふ、とくすぐったげに笑う。珍しい表情だ。

「掘、君はあの二人、どう思う?」

問われて彼らを改めて見る。

「距離近いね」

相手にどれだけ心を許しているかを計ることができるパーソナルスペースが、あの二人は極端に狭い。

「フフフ、君の目にもそう映《うつ》るか」

さらに言えば、ユウマを見上げて話すアリザの表情は明るく、それを見下ろすユウマの目は優しかった。

生きているものすべてが結ばれた関係の元に生まれ存在している以上、誰かと繋《つな》がるのは不思議な話ではないのだが、〝喰種《グール》〟も人間と同じように芽吹き、花を咲かせ、種を落とすことを理解している人はどれだけいるのだろうか。

月山の視線が、今度はガゼボに流れる。そこには使用人達に指示を出すカナエの姿があった。

「カナエはとても優秀で、それこそ、身を粉《こ》にして僕の家に尽くしてくれるんだ。いつも助けられているよ」

ホリチエにはいつも憎しみに似た感情を向けてくるカナエだが、細やかに指示を出し、自らも動く姿を見ていると、その優秀さは窺《うかが》い知《し》れる。

「カナエは愛する家族をすべて失っているんだ……。哀《かな》しみに眠れぬ夜もあるのだろう」

ふぅ、と物憂《ものう》げなため息を零《こぼ》し、月山は使用人達の姿を見つめる。

「僕はみんなに幸せになってほしいんだ」

祈り囁《ささや》くような声だった。その言葉に偽《いつわ》りはない。

ホリチエはチラリと視線を後方に向ける。そこには彫りの深い顔立ちをした、執事風《ふう》の男が立っていた。月山が屋敷を案内し始めたときから一定の距離を保ち、こちらの様子《ようす》を窺っている。ホリチエが月山に対して危害を加えることのないよう、見張っているのだ。

彼だけではなく、この屋敷に来てからずっとチクチクと突き刺さる視線を感じている。ホリチエにとっては面倒《めんどう》なことだが、それは、彼らの月山に対する愛情によるものだ。

彼らもまた、月山の幸福を願っているのだ。

「ふーむ……」

ホリチエの指が、カメラのシャッターをさすった。

スピーチは広場の中央にある薔薇のガゼボで行われるようだ。月山はまだ案内し足りないようだったが、月山をずっと見守っていた男――執事のマイロが、パーティーの準備時間があることを月山に告げる。主催者として用意しなければいけないものもあるのだろう。

「時間まで自由に散策するといい。ああ、でも手入れ中の庭には、入らないように気をつけて」

月山はそう言い残して去っていった。ようやく一人行動の時間だ。

ホリチエはまずガゼボの周りを探り、どこから写真を撮ればいいのかを思案した。

「月山くんが立つ位置があそこだから……」

選んだのは、ガゼボから少し離れた場所にある幹の太い椎《しい》の木。身軽な体で枝に登ると、カメラの照準を合わせる。

「うん。よさそう」

仕事として来ているのだ。それなりの働きをするつもりはある。ただ、シャッターを切ることはなかった。

「じゃあ、時間までぶらついてみましょうかね」

枝から飛び降りたホリチエは気の向くままに歩きだす。

小川を見つけその先を辿《たど》ると、橋が架《か》かる池があった。そこには白鳥が二羽、優雅に泳いでいる。各所に置かれたベンチは異国を思わせるデザインで、薔薇に限らず他にも季節の花が咲いており、とくにあじさいは見事なものだった。

月山も言っていたが、童話の世界のようだ。この風景を記録に残したいと思う者は多いだろう。

しかしホリチエはまだ一枚も写真を撮っていなかった。

ホリチエはガーデンプールにあったロングチェアに寝転がり、ファインダー越しに空を眺《なが》め、また撮ることなく下ろす。自分の中でまだしっくりくるものがないのだ。

「……お?」

そんなホリチエの視界の中に動く影があった。見れば、庭師と思われる初老の男性が花の手入れを始めている。たぶん彼も〝喰種《グール》〟。慣れた手つきで枝葉を剪定《せんてい》し、また次の場所へと移っていく。ここの花々と長い年月を共に過ごしてきたのだろう。花のためであり、なにより月山家のためでもある。

「…………」

ホリチエはぴょんと立ち上がると、今来た道を戻り始めた。誰もが花に目が向きそうなこの環境の中、ホリチエの目は使用人達の姿を映していく。

迫るパーティー時間に間に合わせるよう動きが忙《せわ》しないが、みんな、辛《つら》そうな顔一つせず、生き生きとしていた。使用人同士のコミュニケーションも円滑で、指示を出す責任者らしき〝喰種《グール》〟も乱暴な態度はとらない。

「……何を見ている、モルモット」

ホリチエに対しては別だが。

使用人達が働く姿を眺めていると、カナエが煙たげな顔で現れた。

「楽しそうに働いてるなーと思って」

「私達の勤めを〝楽しそう〟などと安っぽい言葉で表すな。それぞれが誇りを持ち、粛然《しゅくぜん》と働いている」

「んー……そうなんだろうけど」

なにか言ったところで否定されるだけだろう。ホリチエも理解してもらおうという気持ちが薄く、そのまま流した。

「そんなところに立たれていては気が散る。どこか目に入らない場所でじっとしていろ」

カナエが追い払うようにそう言い、ホリチエも「そだね」と答えて別の場所に移動しようとした。そんなホリチエの後ろ姿を見て、何を思ったのかカナエが「待て、モルモット！」と呼び止めてくる。

「ん？」

「……そういえばお前、花の写真が目的だったろう？」

花どころか写真自体、ここに来てから一枚も撮っていないので「そういえばそうだね」と他人事《ひとごと》のように言う。カナエの眉間《みけん》に皺《しわ》が寄ったが「それなら」と口を開いた。

「このガゼボから奥に進んだ場所に、レッドローズガーデンテラスがある」

「レッドローズガーデンテラス？」

「誰もが感嘆の吐息《といき》を漏らす、美しい庭だ。そこで時間でも潰《つぶ》しておけ」

カナエはそう言い残し、準備へと戻っていった。

「ふーん……」

ホリチエはカナエが言った方向を眺める。

「わかった、行ってみるね。ありがとう」

「ああ、早く消えろ」

ホリチエはレンガの道を踏みながらそちらへと歩きだした。

パーティーの準備で賑わっていたガゼボ周辺とは違い、道を進めば進むほど静かになっていく。聞こえるのは風に揺れる木々のざわめきくらいだ。

「……あれかな？」

ひらけた敷地の中、人目をさえぎるように高い植木で囲まれた場所がある。中には小さな赤い屋根。別邸があるようだ。

「入り口は……」

植木の端に人が一人分入れる程度のゲートがある。あそこから入ればいいのだろう。ホリチエは一歩前に踏み出した。

「……こんなところで何をしている！」

鋭い声とともに、影が走る。その影はホリチエの背後から前方へと移動し、正面に着地した。ホリチエを飛び越え現れたのは、アリザとともにテーブルクロスを敷いていたユウマだ。

「まぁ、そんなことだろうとは思ったけど」

予想どおりの展開にホリチエはいっそ感心する。

阻《はば》むように立ちふさがるユウマ。当然だが、アリザと一緒にいたときとも、月山に会釈をしていたときともまったく違う。

ホリチエはどうしたものかと考えたあと、ユウマを避《よ》けてそのまま進もうとした。

「待て！」

ユウマがホリチエの襟首《えりくび》をつかみ、持ち上げる。ホリチエの足がぶらぶらと揺れた。

「習さまの恩情にあぐらをかき勝手なことをするようなら、時間がくるまで屋敷の一室で待機してもらう」

それがカナエの目的だったのだろう。

――カナエ君も大変だねぇ。

カナエは月山が〝月山家〟という枠を越えた外部の者と接触するのを極端に嫌う傾向があるように思う。自分の理想とする箱に収めたがるのだ。

練《ね》りあげられた理想は現実から外《はず》れ、やがて妄想へと変わっていく。それが絡むツタのように体を縛《しば》り、いずれ棘《とげ》をつけ肌を刺すことを彼は知っているだろうか。

こだわりを捨て、ありのままにすべてを受け入れることができれば、それが一番楽だろうに。

ユウマはホリチエをつかんだまま、屋敷のほうへと歩きだす。すると、ユウマの足音に重なるように、キィとゲートが開く音がした。

「……習くんの、お友達ですか？」

聞こえてきたのは静かで落ち着いた声。ユウマがパッと振り返り「観母《みるも》さま……！」と叫んだ。自然とホリチエも声の主を見る。

鼻下に髭《ひげ》を蓄え、丸眼鏡《めがね》の奥から理知的な眼差《まなざ》しを向けてくる男性は、雰囲気は違えども、月山の血縁者であることがすぐにわかった。それも、カナエ以上に近い。

襟首をつかんでいたユウマの手が離れ、ホリチエはその場に着地する。ホリチエは改めて観母と呼ばれた男を見た。

「掘くんだったね。私は習くんのパパです」

ホリチエは「こんにちは」と返した。

「君のことは習くんからいろいろと聞いているよ。写真がお好きだそうだね」

何をどう話しているのかはとくに想像する気もないが、父子関係は良好らしい。観母はホリチエの首から下がったカメラを見る。

「中に興味がおありですかな？」

ユウマが慌《あわ》てたが、観母はユウマを諫《いさ》めるように手を上げて、ゲートを開いた。

「習くんのお友達だからね。さぁ、どうぞ」

観母に先導されるようにして中に入ったホリチエは「へー」と声をあげる。

色とりどり品種様々な薔薇園もすごかったが、四方《しほう》を赤い薔薇で統一されたこの庭はまた違う趣がある。

別邸のテラスにはテーブルがあり、その中央にも赤い薔薇が飾られていた。観母に席を勧められ、ホリチエは腰掛ける。すぐに観母お抱えの執事が現れ、赤い大粒のサクランボが出された。

「人間の食べ物もあるんだ」

茎《くき》をつまんで目線の高さに合わせたホリチエは素直な感想を述べる。

「お仕事の都合で、人間のゲストも多いのですよ。よければどうぞ」

口の中に放りこむと、みずみずしくて甘い果汁と、ほのかな酸味が口内に広がる。上質なものだ。

「習くんに人間のお友達ができたと聞いたときは驚きましたよ。習くんにとっては、生きとし生けるものに垣根はないのかもしれないね」

遠慮なくサクランボを食べるホリチエをしばらく眺めていた観母は、コーヒーを飲みながらそう言った。

「一般的な友達って関係ではないかもしれないけど……」

「君から見て、習くんはどう見えるのかな？」

「んー……」

ホリチエはサクランボを食べる手を休め、首を捻《ひね》る。

「月山くんは気持ち悪いくらいの自信家で、ナルシストで、どうやったらこういう生きものが育つんだろうなーと思ってたんだけど」

観母のそばに控える執事の片眉《かたまゆ》がぴくりと上がる。観母は静かに続きを待っている。

「ここに来てわかった気がする」

「というと？」

ホリチエは再びサクランボをつまみながら、

「これだけたくさんの人……というか〝喰種《グール》〟だけど。周りの人に愛されてたら、そりゃ〝自分大好き〟に育つだろうなーと思った」

今日、この別荘に来て、いたるところで感じたことだ。

「月山くんは、ずっと幸せだったんだろうな」

観母はなにか感じ入った様子で頷《うなず》いた。

「掘くん、習くんはとても優しくていい子なんだ」

そうは思わないのだが否定せずに話を聞く。

「いずれ、月山家の重圧を一身に背負《せお》う日がくるだろう。悩み苦しむこともあるかもしれない。そのときは、ぜひ助けてあげてほしいな」

月山の友人としてホリチエに接する観母。手入れの行き届いた庭。主への敬愛を隠すことなく佇む執事。

ろくな教育を受けず、貧しい暮らしを送り、人を喰らうこと以外にも犯罪に手を染める

〝喰種《グール》〟が多いなか、人間社会に紛れ、社会的地位を獲得し、平穏な営みを送ることができる月山家は特異な存在といえる。そのおかげで、人の〝法律〟に怯《おび》えることなく暮らすことができる〝喰種《グール》〟がいるのだ。月山家が多くの〝喰種《グール》〟を守っているのだ。

この環境を維持するための努力は、並大抵のものではない。それを、月山が引き継ぐことになる。月山の体は、月山一人のものではないのだ。

それにしては、本人の自覚が薄いような気もするが。

「私ができることなんて大したことじゃないし」

それに、とホリチエはつけ足す。

「月山くんが大変なときは、いくらでも周りが助けてくれるんじゃないですかね」

最後の一粒を食べ終わり、サクランボが入っていた皿が空《から》になる。観母はそれでも「よろしく」と言った。

「んー……」

ホリチエは〝友達〟というものにはさほど興味はない。ただ、小さな体の中、自身を突き動かす衝動のためなら動くことはできる。

「そだね」

ホリチエはカメラを構えると観母に合わせ、今日初めてのシャッターを押した。

「面白《おもしろ》いもの《モデル》がそこにあれば、私は動くよ」

ホリチエは椅子《いす》から降りる。

「ごちそうさまでした！」

とくにあてもなく庭を散策していたときとは違い、ホリチエはゲートを飛び出すとガゼボへと駆けた。準備に追われる使用人を見つけるたびにレンズを合わせ、写真を撮る。シャッター音に気づいた彼らが不可解そうにホリチエを見るがおかまいなしだ。

先ほど、ホリチエを制止していたユウマもこちらに気づく前に撮った。

薔薇の手入れを行う庭師も、料理を運ぶメイド達も、目に映れば片《かた》っ端《ぱし》から撮っていった。今までまったくシャッターを切っていなかったのが嘘のようだ。

ホリチエはスピーチの撮影場所に選んでいた木を背もたれに写真を確認する。

「うん……うん……」

確信を得て、頷いた。ホリチエは枝葉を伸ばす椎《しい》の木を見上げる。

「ここじゃないな」

ホリチエはまた駆けだした。パーティーが始まる。


西に沈む金色《こんじき》は、レンガ色の屋敷によく映える。

正門から次々とゲストが到着し、薔薇園は花を愛《め》でる〝喰種《グール》〟で溢《あふ》れた。

テーブルに飾られた料理はどれも趣向が凝《こ》らされており、人が見れば卒倒するだろう。

ホリチエは屋敷の二階、バルコニーからその光景を眺めている。この位置からガゼボを挟んだ対称側に撮影場所に選んでいた椎の木があった。

「それではここで、僕からご挨拶を」

パーティーが盛り上がるなか、月山がガゼボをバックに立った。

「本日はご多忙のところ、我が月山家の〝薔薇と美食を愛《め》でる会〟にご参加いただきありがとうございます」

聞きながらそんな名前の会だったのかとホリチエは思う。月山の挨拶は流ちょうで、幼い頃からこういった経験を多く積んできたのであろうことが感じとれた。この会に招待されたゲストの〝喰種《グール》〟達も月山の話に聞き入っている。

ホリチエはと言えば〝瞬間〟を待っていた。

「そして最後に、本日は特別に感謝したい者達がいます」

スピーチも終盤にさしかかり、月山がそうきり出す。ここでようやく、ホリチエはカメラを構えた。

「それは、いつも僕や父を支えてくれる使用人達です。今日のパーティーを開くにあたり、彼らはゲストの皆様が喜ぶ顔を想像しながら働いてくれました」

月山がそんなことをスピーチで言うとは思っていなかったのだろう。ゲスト達の背後に控えていた使用人達が驚きに顔を見合わせている。そのざわめきが広がり、すぐに静まった。彼らは月山を見ている。

「今日だけではありません。彼らは常に僕達を支え、助けてくれます。僕の胸は、彼らへの感謝と愛で溢れている」

月山はゲストに向けていた視線を使用人に向け、名前を呼ぶように一人一人の顔を見た。

ホリチエを捕まえようとしたユウマは胸に手を当て、遠くから月山を見守っていたマイロは目を細め、松前はまるで姉のようなあたたかな眼差しで月山を見ている。

カナエはピンと背筋を伸ばし、月山の言葉を一言一句聞き逃さないようにしながら涙をにじませていた。

ホリチエの肌がゾクゾクと粟立《あわだ》つ。シャッターに置かれた指に力がこもる。

「彼らは僕にとって友であり、家族なのです。……本日の隠れた主役でもある彼らに、どうぞ、拍手を」

ホリチエはその瞬間をカメラに収めた。

ゲスト達が月山家の使用人に温かい拍手を送る。使用人達は感極まった様子で一礼した。

「……月山君って、カリスマ性はあるよなあ。無駄《むだ》に」

バルコニーに頬杖《ほおづえ》をついて、ホリチエはそう呟いた。

スピーチは終わり、ホリチエの仕事も終わった。〝喰種《グール》〟だらけの月山邸にこれ以上滞在す

る気はない。これから一番近いビジネスホテルまで移動するつもりだ。

「やぁ、掘！　どうだったかい、僕のスピーチは！」

私服に着替え、早々に立ち去ろうとしたホリチエに月山が声をかけてくる。

「月山くんのスピーチにはべつに興味なかった」

「ハハハ、僕のスピーチを聞いて心震えないはずがないね！」

自信ありげにそう言う月山。ホリチエは「はいはい」と受け流す。

「でも、いいものは撮れたと思うよ。パソコンに取りこんで中身確認してから渡すね」

カメラを持ち上げてみせると月山は笑みを深くした。

「楽しみだな。その写真、カネキくん達にも見せるつもりなんだ」

「カネキくんに？」

「そう。彼は僕がどれだけ選ばれた存在なのかわかっていない様子だから、理解を深めてもらうのさ」

大勢に囲まれてスピーチをする月山の写真を見せて、カネキに自分のすごさを伝えたいらしい。カネキも厄介《やっかい》な生きものに絡まれて大変だろうと心中を察する。

「写真の使い道は依頼人次第だからね。好きにすれば」

いずれにしろ、ホリチエには関係のない話だ。

「……習さま！」

そこで、月山を呼ぶ声が聞こえた。カナエだ。パーティーに戻るよう催促に来たのかと思えば、どうやらそうではないらしい。カナエは胸に薔薇の花束を抱《かか》えている。

「カナエ。どうしたんだい、その薔薇」

「……観母様から〝小さき友〟へと」

「パパが……掘に？」

なぜだろうと不思議がる月山。もろもろの事情を知っているはずのカナエはそれについては語ろうとしなかった。

「ゲストには手土産《てみやげ》に薔薇を用意していたけれど、さすがパパだ。紛れこんだ子ネズミにまで敬意を払うなんて」

月山は感心したように呟《つぶや》いている。

「……受けとれ」

カナエは不本意そうな表情を浮かべ、薔薇を押しつけるように渡してきた。薔薇をもらって喜ぶようなタイプでもないのだが、しかたがないかと受けとる。

「んじゃ、帰るね」

ホリチエはそう言って到着した車に乗りこんでいた。

「……薔薇？　ホリチエさんが薔薇って珍しいね」

〝喰種《グール》〟だらけのパーティー会場にタクシーを呼ぶのは憚《はばか》れ、知人に足を頼んでいたのだが、薔薇を持ったホリチエを見て相手は目を丸くした。

「いる？」

「いやいや」

車は走りだし、屋敷が遠くなっていく。ホリチエは隣の座席に置いた薔薇を見た。淡《あわ》いピンク色の花弁。ホリチエはその薔薇の名前を知っている。

「ファンタンラトゥールだっけか」

薔薇を美しく描く画家の名をつけられた薔薇。

「私がアンリ・ファンタン＝ラトゥールで、月山くんが薔薇ってことかね」

三

数日後。喫茶店で頼んだ生クリームたっぷりのパンケーキを食べながら、月山に写真を見せた。写真は何枚もあるのだが、見るうちに月山の体がぷるぷると震えだす。

「んで、これで最後」

ホリチエがそう言ったとたん、月山がバンとテーブルを叩いた。

「……僕の写真が一枚もないじゃないかッ!! WhyWhyWhyWhyWhy……!!」

月山が言うとおり、ホリチエが撮《と》った写真には月山がまったく写っていなかった。スピーチ中の写真さえ、月山の体はガゼボで隠れて見えない。

「邪魔《じゃま》だったんだよね、月山くんが」

「メインである僕に対して〝邪魔〟はおかしいだろう! 何しに僕の別荘まで来たと思ってるんだい!」

「えーと、〝月山君が輝く瞬間〟とやらを撮りに」

「じゃあ、なぜ僕がいない!」

ホリチエはクリームソーダを飲み干し、窓の外を眺めた。

「……あ、カネキくんだ」

「なんだって⁉」

ホリチエが一点を指さすと、月山が立ち上がり、窓にへばりつくようにしてカネキの姿を探す。

「掘、いったいどこに……」

見つけきれず月山が正面の座席を見たときには、写真のデータが入ったUSBだけしか残っていなかった。

「……小賢《こざか》しい齧歯類《げっしるい》が！」

店を出て、軽い足取りで進みながら、ホリチエはカメラを撫《な》でる。

「んー……、やっぱ楽しいね、月山くんは」


望んだものとはまったく違う写真を渡された月山は、自宅に帰ってもぷりぷりしていた。一度きちんと躾《しつ》ける必要があるのではないだろうかと、写真を見ながら思う。丹念《たんねん》に何度も見返したが、やはり一枚も写っていない。

「やぁ、習くん。この前の写真、どうなったんだい？　パパ、見てみたいな」

そこに、観母がやってきた。

「パパ！　ひどいんだ。見ておくれよ、これ……」

月山はパソコン画面を観母に向け、写真をスライドしていく。

「信じられるかい？　あの子ネズミ、僕の写真を一枚も撮らなかったんだよ」

「本当だね」

そこに写っているのは、使用人の姿ばかりだったのだ。ふざけるにもほどがある。

写真をすべて見終わると、観母は「習くんの写真も見たかったね」と言った。

「That's Right!　まったく、なにを考えてるんだか……」

共感してもらえたことに多少溜飲《りゅういん》の下がった月山。ただ、観母はこの写真に興味を持ったようだ。じっと写真を覗《のぞ》きこみ、うんうん、と頷《うなず》いている。

「習くん、この写真のデータ、パパがもらってもいいかな?」

思わぬ申し出に、驚いて父を見た。

「もちろんいいけど……でもどうして?」

「なんだか気に入ってしまってね」

観母の言葉に、ささくれ立っていた月山の気持ちが落ち着きをみせる。

「ふむ。パパが気に入ったのなら、頼んだ甲斐《かい》はあったよ」

尊敬する父が喜んでくれるのは月山にとってもとても嬉しいことなのだ。それなら、掘に写真を撮らせてよかったと素直に思える。

月山の言葉に、観母は目を細めた。

この写真には生き生きと働く使用人の姿と、スピーチで感謝を語る月山を温かく見つめる眼差《まなざ》しがある。生まれたときからこのぬくもりのなかに生きてきた月山にはわかりづらいかもしれないが、月山習という存在がどれだけ愛され大事にされているのか、写真を通して伝わってくる。たとえ月山の姿はなくとも、この写真が月山習という〝喰種《グール》〟を輝かせているのだ。
観母は思う。
いつか、この写真を見たときに、愛する息子が温かい涙を流せる日がくるだろうと。

TOKYO GHOUL

#005
[tension]

Novel [quest] re

一

「『CCG芸術祭作品募集』……？」

吹きすさぶ冬の風が肌を突き刺し、枯葉を揺らす頃。〔CCG〕S1班所属、上等捜査官、伊《い》丙《へい》入《はいる》は見慣れぬ文字に立ち止まった。

ロビーの一角に張られた控えめなポスターには、文字に合わせて絵画や彫刻の写真も載っている。

「どうした、ハイル？」

隣を歩いていたはずのパートナー

が立ち止まったことに気がつき、呼びかけてきたのは、同班班長である宇井郡《ういこおり》だ。切り揃えられた黒髪と、男にしては細身な体つきは、彼に中性的な雰囲気を持たせている。こう見えても「若きホープ」と呼ばれる才能豊かな捜査官で、階級はすでに特等に達していた。周囲から一目置かれる存在である。

ただ、ハイルにしてみれば、気心の知れた仲だ。なにせ彼とは、〔CCG〕最強の捜査官、有馬貴将《ありまきしょう》率《ひき》いる0番隊で共に戦っている。

そんな彼が、0番隊を離れて指揮する側へと回り、遅れてハイルも宇井の下で働くことになった。特等である宇井のパートナーに選ばれるということは、ハイルの実力が認められているという証《あかし》でもある。このマイペースぶりを見て、ハイルが優秀な捜査官であると察することができる人は少ないだろうが。

「郡先輩、これ、なんですか？」

ハイルは人差し指でポスターを押さえる。宇井は怪訝《けげん》な表情を浮かべてハイルの隣に並び、それを見た。

「……ああ、芸術祭ね。〔CCG〕の文化活動の一つ」

「文化活動？」

「そう。『精神的な負担も多い〔CCG〕職員に対して、芸術を通して心に潤《うるお》いが持てる機会を提供し、より豊かな生活が送れるよう支援する』という趣旨《しゅし》だったんじゃないか」

「あ〜、宗教の勧誘みたいな？」

「違う」

宇井が即座に否定する。

「〔CCG〕の職員から作品を募集して、区のホールに展示するんだよ。一般の人にも見てもらえるよう、無料開放するんじゃなかったっけ。地域交流や広報にも使われるから」

日夜〝喰種《グール》〟と格闘する〔CCG〕だが、そんな〔CCG〕に対して物騒なイメージを持つ市民も少なくはない。そのため、彼らにも親しみやすいイベントを通じて〔CCG〕のイメージアップを図《はか》り、理解を深めてもらうということのようだ。

「政治色《セージ》が強いんですねェ」

「んー、でもまぁ、福利《ふくり》厚生《こうせい》の一環でしょ。CCG草野球大会もそうだけど、こういった活動を通して労働意欲を高めるんだよ。優秀な作品には賞がつくし、賞金も出る。特選、準特選、佳作の三つだったかな。あと、特別審査員賞もあったか」

「へー……」

ハイルはポスターを押さえていた指を離す。

「でも、参加する人少なそうですね」

武闘派揃いの〔CCG〕だ。暇さえあれば筋肉トレーニングをしているような人も大勢いる。宇井も肯定するように「まぁね」と答えた。

「草野球大会とは違って盛り上がりに欠けるらしいよ。顔ぶれも毎年同じみたいだし。事務のジジババの暇つぶしだよ、こんなのは」

そして宇井は「私達にも関係ない話でしょ」と肩をすくめる。

「ほら、仕事行くよ」

「ハーイ」

「あとさ」

「はい？」

「毎年同じことを聞かないでくれる？」

呆《あき》れたように視線を投げかけた宇井に、ハイルは「あれ？」と小首を傾《かし》げる。過去に何度か、宇井に同じ質問を投げかけていたらしい。興味がないので忘れてしまったのだろう。

「じゃあ、また来年聞いちゃうかもですね」

「……ハイル」

宇井に凄《すご》まれハイルは「すみませーん」と言って口を閉ざす。宇井の説教は長いのだ。余計なことは言わないに限る。ハイルが受け流しモードに入ったことを感じたのか、宇井も息を吐《つ》き歩きだした。

遠くなる芸術祭のポスター。このまま、また来年まで忘れてしまうのだろう。

そう思ったからこそ、数日後、記憶が呼び起こされ驚くことになった。

二

「……有馬さんが特別審査員⁉」

ハイルと宇井の前にいるのは、有馬貴将。色が抜け落ちた髪に、どこか浮き世離れした雰囲気を持つ彼は、ちょうど任務から戻ってきたところだった。

偶然鉢合《はちあ》わせしたハイルたちは彼に挨拶《あいさつ》をしたのだが、そこで思いがけない話を聞く。

有馬がCCG芸術祭で特別審査員をするというのだ。

「な、なんで有馬さんが選ばれたんですか？　ていうか、できるんですか？　有馬さんに芸術祭の審査員なんて」

宇井が戸惑《とまど》った様子《ようす》で有馬に尋ねている。ハイルの前だと少々上司ぶっているが、かつての上司である有馬の前だと、彼も年相応に見えた。

「わからない」

「わからないって……」
〔CCG〕の白い死神と呼ばれ、〝喰種《グール》〟に恐れられる天才だが、どこか抜けているところがある。
「な、なんで引き受けちゃったんですか！　貴方《あなた》、芸術とは無縁でしょう！」

「俺もそう伝えたが、深く考えず気に入ったものを一つだけ選べばいいと言われた。それが特別審査員賞になるそうだ」

選出された有馬当人も自分が選ばれたことを不思議に思っているようだ。しかし、上にやれと命令されれば粛々《しゆくしゆく》とやる男なのである。宇井は「なんで局で一番多忙な人にそんな仕事させるかなー！」と頭をガシガシ掻《か》いた。上層部に対して腹を立てているのだろう。

しかし、ハイルは違った。

「有馬さんが賞をくれるん？」

ハイルにとって、有馬は特別な存在だ。触れられる距離にいながらどこまでも遠いこの美しい死神から褒《ほ》めてもらいたくて仕事に励《はげ》んでいる。

「……ああ」

そんな彼から評価をもらえるというのだ。興味のなかった芸術祭が、途端《とたん》、特別な輝きを放ち始めた。

「私、参加する」

ハイルが右手を挙げて宣言する。宇井が驚いた様子でハイルを見た。有馬の表情は変わらぬままだ。

「参加して、有馬さんから賞をもらうんよー」

うふふ、と笑うハイルを見て、宇井が「またそれか」と、うんざりした表情を浮かべる。

「まぁ……どうせやるからには真面目《まじめ》にやってくださいね」

「ああ」

宇井の言葉に有馬は素直に返して、少し離れた場所で待機していた彼の部下らと共に去って行った。

有馬の背中を見送ってから、宇井が腕を組みハイルを見る。

「本当に参加するの？」

ハイルだって暇なわけではない。だが、ハイルにとっての優先事項がそこにある。

「だってがんばれば有馬さんから褒めてもらえるんだもーん」

「お前は有馬さんのことばっかだな」

「郡先輩も人のこと言えないしょや？」

ニコニコ笑ったまま言い返すと、宇井は組んでいた手を下ろし「馬鹿」と言った。だが自覚はあるはずだ。現に彼も、有馬がこの芸術祭に参加するということに関して思いを巡《めぐ》らせている。

「有馬さんが審査員をするのに、作品が少なすぎるのも格好つかないよな……」

宇井は体面を気にしているようだ。こうやって心配するということは、参加者がよっぽど少ないのだろう。

「……私も参加するか」

「郡先輩が？」

「賑《にぎ》やかしだけど、いないよりかはマシでしょ。あとは0番隊や、一応タケさんにも声をかけてみるか」

宇井が同僚や先輩の名をあげる。ハイルは「えー」と不満げな声をあげた。

「少ないままでいいじゃないですかー」

そうでないと賞がとれる確率が低くなってしまう。

「たいした人数じゃないでしょ。タケさんなんか、やってくれたとしても賞をとる気はないだろうし、作るものも本人同様、地味で目立たず終わるよ」

ハイルや宇井、そして有馬とも関わり深い平子丈《ひらこたけ》は堅実で高い能力を持っているのだが、その高い能力を覆《おお》い隠《かく》すほどの印象の薄さを身に纏《まと》っている。

「結局は焼け石に水。たいして参加者もいないのによく続いているなと思ってたくらいなんだから」

そんな芸術祭にまさか参加することになるとはと宇井がぼやく。

「……しかし、上司に自分の作った物を見られるのって、なんだか嫌《いや》だな……」

「だったら参加しなきゃいいじゃないですかー」

「そうもいかないんだよ」

それから、宇井は律儀《りちぎ》に0番隊の面々や平子に有馬が芸術祭の特別審査員になったことを話し、参加するよう依頼した。彼らも有馬が審査員をすることに驚いていたが、その有馬と宇井の顔を立てるために参加してくれるようだ。

「有馬さんの身内だらけの芸術祭になるかもしれない」

宇井の心配は尽きない様子だったが、これが思わぬ流れに発展することとなる。

「……おい、聞いたか。芸術祭！」

〔CCG〕の捜査官達は色めきたっていた。

「ああ。宇井特等や0番隊の奴らも参加するんだろ」

「有馬一派……だよな」

捜査官の頂点にいる有馬はもちろんのこと、そんな彼と働いたことがある捜査官も皆、一目置かれる存在にある。同じ捜査官でありながら、高い壁の向こう側にいるのだ。

そんな彼らが芸術祭に参加する。捜査官たちは思った。

――芸術面であればあいつらに勝てるのではないか、と。

捜査官が芸術で評価されたところでなんの意味もないと言われればそれまでだが、圧倒的な才能に焦《こ》がされ、己が凡人であることを嫌と言うほど刷りこまれた人間にとって、これ以上の受け皿はなかった。

「……聞けよ、俺はこう見えても美術の成績は4だったんだぜ」

「俺だって小学生の頃〝歯磨き推進ポスター〟で金賞とったことがある」

植えつけられた劣等感を払拭《ふっしょく》し、自信を持つにはこのフィールドで戦うしかない。そんな想いがうだつのあがらない捜査官の中に広がっていく。

また、有馬が審査員というのも大きかった。あの天才が芸術祭の審査員をするという意外性が話題となったのだ。

降り積もった雪の斜面を転《ころ》がり落《お》ちて膨《ふく》らむ雪玉のように、話が大きくなっていく。

結果的に、面白《おもしろ》そうだから参加してみようという層が現れるまでに成長していった。

三

「瓜江《うりえ》」

背後から呼び止められ、ウリエは心の中で舌打ちした。顔を見ずとも相手がわかる。

「……（鬱陶《うっとう》しい奴め）」

振り返れば予想と寸分違《たが》わず、ウリエの同期である黒磐武臣《くろいわたけおみ》が立っていた。長身で気骨《きこつ》のある顔立ちの中、こちらを真っ直ぐ見つめる目がウリエのしゃくに障《さわ》る。彼の父親、黒磐巌《いわお》によく似た目だ。

巌は多くの武勲を立てた特等捜査官で、上司からも、部下からも信頼が厚い。〔CCG〕局内で彼を悪く言う者などいないだろう。だがウリエは違った。なにせ巌の存在は、父の犠牲の上に成り立っている。

ウリエの父も捜査官で、特等として部下を率《ひき》いていた。その一人が巌だ。そんな最中《さなか》、「隻眼《せきがん》の梟《フクロウ》」の出現により、ウリエの父は巌達に撤退を命じて、自身はしんがりとしてその場に残った。

結果、ウリエを包みこむぬくもりを持っていた父が、冷たい肉片となって帰ってきた。

——なぜ見殺しにした。

その想いは今も変わらずウリエの中に根づいている。巌に対して、父と同じように、いや、それ以上に悲惨な死に方をすればいいと何度思ったことか。

そんな男の息子と〔CCG〕アカデミージュニアで同期として出会うのだから皮肉なものである。それがこの、黒磐武臣だ。しかも同じ特待アカデミー生。

この男にだけは絶対に負けないと、努力に努力を重ねてきた。優位に立ち、悔《くや》しがる顔が見たかった。

それなのに、迷うことなく天へ伸びる大木のように真《ま》っ直《す》ぐな性格をした武臣は、ウリエがどれだけ邪険に扱おうが嫌な顔一つせず受け止めてしまう。育ちの良さを感じさせる人格が、またウリエを苛立《いらだ》たせた。父がいて、母がいて、愛され守られて生きてきたことを見せつけられるようで。

——お前も俺のように泥水をすするような思いをすればいい。そうすれば、そんな目で俺を見られなくなるはずだ。

彼と向かい合うと、そんな思いばかりがこみあげる。

「……なんだ？（話しかけるな）」

無視して通り過ぎたかったが、こちらが気にしている素振《そぶ》りを見せるのも嫌だった。端的に尋ねると、武臣が言う。

「瓜江も芸術祭には参加するのか？」

ウリエの片眉《かたまゆ》がぴくりと上がった。

「……〔CCG〕の芸術を重んじる姿勢には俺も賛同している。当初から参加するつもりだった（途中参入のニワカ共と一緒にするな）」

ウリエは普段《ふだん》からパレットを手に絵を描いている。有馬が特別審査員で、0番隊らも参加すると話が出回ってから、おかしな賑わいを見せはじめた芸術祭だが、もともと参加するつもりでいた。しかも、この芸術祭には毎年、和修《わしゅう》一族も審査員として関わっている。名前を売る絶好のチャンスだろう。

「やはりそうか。実は、うちの班も全員参加する運びとなった」

「……平子班が？（お前も？）」

武臣は平子丈を班長とする平子班に所属している。その平子が、宇井に頼まれ芸術祭に参加することになったらしい。それを聞いた副班長の伊東倉元《いとうくらもと》がそれなら自分もと言い、他の班員達も巻きこんだようだ。

「しかし俺は経験が乏《とぼ》しい。だからその分野に精通している瓜江に助言をもらえればと思って来た」

学生時代から武臣の情報はなにかと耳に入りやすかったが、文化系の趣味を持っているという話は一度も聞いたことがない。

「……そうか（たしかに、俺はお前のような筋肉馬鹿と違う）」

武臣は謙遜《けんそん》ではなく、本当にどうすればいいのかわからないのだろう。しかしウリエも武臣に構うつもりは毛頭ない。

「率直《そっちょく》に言って芸術は一朝一夕《いっちょういっせき》でどうにかなるものじゃない。そしてお前の目標が曖昧《あいまい》なのでは俺もどう助言していいかわからない。とにかくまずはお前の（芸術性の欠片《かけら》もない）作品をつくるべきだろう。上手《うま》い下手《へた》は二の次だ。こんなところでいいか（時間の無駄《むだ》なんだよ）」

何がわからないのかわからないような状態で来られても、かける言葉はないのだ。わかっていたとしても助言をくれてやるつもりはないが。

「たしかにそうだな。思い至らない部分があってすまない」

武臣が素直に非を認める。なんの準備もなく声をかけたことを、もっと恥じ入れとウリエは思った。

「……筆のような繊細《せんさい》な道具よりも、木でも使えばどうだ？（筋肉馬鹿）」

毒の混じった言葉を吐いて背を向ける。

「せいぜい、（お絵かき）頑張れよ」

芸術というフィールド上なら圧倒的な差で武臣に勝つことができる。そう思うと、次第に高揚してきた。彼の拙《つたな》い作品を見て笑ってやろう。芸術祭に別の楽しみができたのだ。ウリエはクッと喉《のど》を鳴らした。


「……瓜江くん、なんだか楽しそう」

会議室から廊下に出たところで、ウリエの背中を見つけた六月《むつき》が呟《つぶや》いた。顔を見たわけでも彼が変わった行動をしているわけでもなかったのだが、なんとなくそう感じたのだ。

「トオル、どうしたです？」

立ち止まっていた六月の背後、会議室から鈴《すず》屋《や》什造《じゅうぞう》がひょこりと顔を出す。担当する13区から本局に出向いていた彼は、ついでにオークシ

ヨン掃討《そうとう》戦の反省会をしましょうと六月に声をかけていたのだ。

什造もウリエに気がつき「ああ」と納得した様子《ようす》で頷《うなず》く。

「彼も誘いますか？」

「あ、いえ。瓜江くん、今、糖分制限してるはずだから……」

「甘い物、食べないですか」

「はい。肉体改造とかで」

六月の言葉を聞いて、什造の後ろから出てきた阿原半兵衛《あばらはんべえ》が「それは残念」と言う。鈴屋班である半井恵仁《なからいけいじん》や御影三幸《みかげみゆき》、環水郎《たまきみずろう》も準備をすませ会議室から出てきた。

実は六月は今から鈴屋班と一緒に、美味《おい》しいと評判のカップケーキ店に行くのだ。本来であれば半兵衛が使いっ走りで買ってくるところなのだが、什造が実物を見て選びたいと言ったらしい。それに同伴させてもらう。

「少し前も、先生が作ってくれたバケツプリンを嫌々食べていましたから」

半井が「食べはしたのか」と聞いてきた。六月は苦笑して頷く。

「食べても支障のない量を先生がとり分けていました」

六月はそのときの光景を思い出す。捜査の関係で全員が同じ時間に帰宅し、夕飯も一緒に食べ終えたあと、突然食卓にバケツプリンが出てきたのだ。興奮する才子《さいこ》や、面白《おもしろ》がってプリンを揺らしまくるシラズの横で、ウリエが死んだ魚のような目をしていた。

「シャトーは手作りのおやつがたくさんで羨《うらや》ましいです」

什造がニコニコ笑いながら言う。こんな彼が数多くの功績を持つ天才捜査官なのだから、わからないものだ。

カップケーキ店は〔CCG〕本局から少し歩いたところにあった。店内には甘い香りが充満しており、それだけでお腹いっぱいになりそうだ。

ショーウィンドーに並ぶカップケーキはどれも愛らしく、花や動物など、様々な形に飾りつけられている。もはやアートだ。

中にはカフェスペースがあり、六月達はそこで食べることにした。

「な、なんだか浮いてますね……」

女性客だらけのなか、カップケーキを囲む男だらけの集団。周囲の視線が突き刺さる。しかし什造は気にならないようだ。

「キレイですねー。おもちゃみたいです」

トレーに並んだカップケーキのクリームを什造がフォークでつつく。

「鈴屋さん、これは『NGC4038』と『NGC4039』ですよ」

「御影先輩、意味わかんないッス」

謎の言葉を発した御影に、後輩の水郎がつっこむ。

「いわゆる触角銀河《しょっかくぎんが》だよ、水郎」

「そのいわゆるは難易度高いっス」

「からす座ならわかるだろ」

「あるんスかそんな星座」

解明の兆《きざ》しを見せない御影ワード。六月は手っ取り早く携帯で検索をかけた。すると、美しい光彩《こうさい》を放つ銀河の写真が出てくる。

「これですかね」

六月が写真を見せると、御影が「それ」と答えるように携帯を指さした。

「なるほど、まさしくこれ芸術」

写真を見た半兵衛がうんうんと頷く。そして「そういえば」と思い出したように六月を見た。

「来たる芸術の祭典……シャトーの皆様のご予定はいかに?」

芸術祭。その言葉は六月の耳にも入ってきている。

「俺は、そういうの向いてないので不参加なんですけど、他のメンバーは参加するみたいです」

その話を六月に持ってきたのが、同じQs《クインクス》のシラズと才子だった。二人は出る気満々だ。ウリエには確認していないが、彼の趣味を思えば出るだろう。

「ハイセも出るですか？」

十分形を堪能《たんのう》したカップケーキを頬張《ほおば》りながら什造が聞いてくる。六月は言っていいものか悩んだ結果、打ち明けた。

「先生は『お菓子の家を作ってみたいんだけど、芸術とはいえないかなー』と言っていました」

それを聞いて、什造の目がきらりと光る。

「食べたいです」

什造なら食いつくだろうと思っていた。

「先生はまだ悩んでるみたいなんですけ

ど」

「トオル、ハイセを説得するですよ」

「お、俺がですか？」

半兵衛も「わたくしめからも是非《ぜひ》に」と頭を下げる。

「次までに佐々木《ささき》氏の参加の可否を報告するように」

半井までもが退路を断《た》つようにそう言った。水郎が「逆らわないほうがいいぞ……」と耳打ちしてくる。御影も逆側から「生まれたからには恒星《こうせい》を目指《めざ》せ」という不可解な耳打ちをしてきた。この状況で断れるはずがない。

「わ、わかりました」

六月は心の中で「すみません、先生」と謝る。

実はこのお菓子の家、Qs《クインクス》の母的存在、真戸暁《まどあきら》から「周りに馬鹿にされるからやめろ」と言われ諦《あきら》めていたのだ。ハイセは「しかたないよね」と力なく笑っていたが、その横顔は寂しげだった。

だからこそ、アキラと共に戦ったこともあるという什造のお願いにしてしまえば、アキラも納得するのではないかと思ったのだ。勝手な真似をしてしまったがハイセのためになればいい。なんなら自分もお菓子の家作りを手伝おうと六月は思った。

「鈴屋班の皆さんは、芸術祭に参加されるんですか？」

「鈴屋先輩が描かれた素晴らしき絵画の数々を吟味《ぎんみ》して提出する予定です」

什造は、ときどき動物の絵を描いているそうだ。それを半兵衛がファイリングしているらしい。

「あとは俺と、御影先輩だな」

甘すぎるカップケーキにあたり、コーヒーで口直しをしていた水郎が言う。

「御影さんは宇宙絡《がら》みでですか？」

「いやいや、違う違う。御影先輩、見せてやってくださいよ」

水郎の言葉に御影が内ポケットからメモ帳をとり出し、一枚だけ破いた。それをテーブルの上に置き、折り始める。長方形だった紙が正方形に変わり、流れるような手順で山折り谷折り。

ものの二分で完成したのは、角《つの》が五つある五芒星《ごぼうせい》だった。シンプルな作りながらも綺麗《きれい》な星形をしている。

「宇宙……」

思わず呟いた言葉に御影が「いいね、コスモ来てる」と六月を指さした。結局宇宙じゃないかと思ったところで「御影先輩、折り紙ができるんスよね」と水郎が言う。

「え、あ、そうか、折り紙……」

御影のテンポにとりこまれ、つい、宇宙基準で考えてしまったが、よくよく考えればこれは折り紙だ。

「他にも隕石《いんせき》で滅びた恐竜や、薔薇《ばら》星雲のような薔薇、超新星を彷彿《ほうふつ》とさせるくす玉などが作れる」

六月の中で、宇宙と折り紙の境界線がわからなくなり始めた。

「折り紙を百三回折りたたむことができれば宇宙が作れるんだけど、そこにはまだ達してないね」

「なに言ってんスか」

「コスモ来てないな、水郎。折り紙は宇宙なんだよ」

――芸術っていろいろあるんだな。

話についていけなくなり、しみじみそう思う。六月にとって一番馴染《なじ》みがある芸術は、やはり絵だ。日常的にウリエが絵を描いているからというのが大きな理由でもある。

彼の部屋にも、彼自身にも、油彩で使われる溶き油の匂いが染《し》みこみ、シラズや才子は遠慮なく「臭《くさ》い」なんて言っているが、あのツンと突き刺すような人を寄せつけない香りはウリエらしさが滲《にじ》み出《で》ているような気がする。そう思うのは、オークション掃討戦でウリエの孤独に触れたからだろうか。

六月は短く息を吐き、気持ちを切りかえた。そういえば、才子とシラズはどうするのだろう。

――シャトーに戻ったら聞いてみようかな。

その前に、ハイセにお菓子の家を頼まなければと、カップケーキを楽しそうに食べている什造を見て思った。

四

「あれ、郡先輩、何してるんですか？」

S1班の業務室。ハイルが出勤すると、宇井が写真をはさみで切っていた。

「写真の人に恨みつらみが？」

「そんなわけないでしょ」

宇井が手を休め睨《にら》みつけてくる。ハイルは肩をすくめ視線から逃《のが》れるように自分の席に着いた。

宇井は手持ちのぶんを切り終えると写真を片づけ始める。ハイルは椅子《いす》から立ち上がり、もう一度それを眺《なが》めた。

「写真のスクラップ、ですか？」

しかも同系色の写真ばかりだ。

「……芸術祭用。これでコラージュ作るんですよ」

この切り取った写真をのりづけし、一つの作品にするらしい。

「本格的ですねー」

「やるからには真面目《まじめ》にやるよ。半端《はんぱ》な物を出して馬鹿にされたら、ちょっと嫌だし……」

宇井が深いため息をつく。

例年閑古鳥《かんこどり》が鳴いていた芸術祭が、今、一種のブームになっている。捜査官の共通話題が芸術祭だなんて前代未聞だ。締切前でありながらすでに例年以上の作品が集まり、芸術祭用に借りていたホールに展示しきれないのではと芸術祭の実行委員達が心配している。

「ここまで大ごとになるとは思わなかった」

「郡先輩としては願ったり叶《かな》ったりなんじゃないんですか？」

有馬が審査員をするにふさわしいイベントになりそうじゃないか。

「……限度がある」

しかし宇井は否定的だ。なにをそんなにピリついているのだろうと思っていると、ふいに訪問者がやってきた。

「ンン……郡ボーイ」

見ているだけで圧迫感がある筋肉隆々な体つき。セットされたリーゼントと豊かな鼻髭《はなひげ》。すべての調味料を混ぜ合わせたかのような濃い存在感を放つ特等捜査官、田中丸望元《たなかまるもうがん》だ。

彼は「2区に望元あり」と言わしめるベテラン捜査官だが、ハイルにとってはオッサン臭《くさ》さの極《きわ》みのような男である。業務室の温度が二度ほど上がったのではないかと錯覚させる暑苦しさもあった。

会う予定があったのだろうかと宇井を見ると、宇井も目を丸くしている。予定外の予想外のようだ。

「聞いたよボーイ」

そんなことは気にもせず、望元がのっしのっしと宇井のほうへと歩み寄っていく。

「……な、何をですか？」

「此度《こたび》の芸術祭、火つけ役は君だって話じゃないか！」

望元は宇井を称《たた》えるように拍手した。いったいどうやって音を出しているのか、破裂音に等しい大きさの拍手だ。

望まぬ持ち上げられ方をされた宇井がなんとも言えない顔をしている。宇井がこの盛り上がりを冴えない表情で語っていたのは、そんな話が回っているせいか。

「〝大人の課外活動〟とでも言うべきか、人生をより豊かにする催しは素晴らしいと思うのだよ。かく言う私も、『〔CCG〕ダンディーコンテスト』や『区対抗草野球大会』などを企画してきたが、ムーブメントを起こすまでには至っていない。いやはや若き天才とも言うべきか……ンン？」

鼻髭をさすりながら語っていた望元が宇井の写真スクラップを捉《とら》えた。

「郡ボーイも制作中というわけか！　ほぉ、興味深い。さてはコラージュか」

「はぁ……」

実家が寺という望元は博識で、教養深いところもある。宇井が何をしようとしているのかもすぐに察したようだ。

「しかし写真を用意するのが大変だろう」

「ええ、まぁ……」

望元はうんうんと頷《うなず》いたあと、ぐっと拳《こぶし》を握り、自身の厚い胸板を叩《たた》いた。

「どれ、この私がボーイのアートに助力しようではないか！」

「いえ、大丈夫です」と宇井が断るが、「遠慮することはない！」とはね返される。

「ちょうどカメラにも興味があったものでね！」

こうなると止められない。望元が宇井の肩をがしっと組む。

「ハハハ！　素晴らしき作品《ファンタスティックアート》のため、共に汗水流そうではないか！　フハハハハハ！」

望元の高笑いが響くなか、宇井の目が濁《にご》っていくのをハイルは感じた。順調に作品作りが進む人ばかりでもないのだ。

それは宇井に限ったことでもない。


「だから、ここをこうして、こう、こう、こうってなもんよ、わかったかい、坊主」

「わかんねーよ！」

才子の乱暴な説明にQs《クインクス》班長のシラズは思わず声をあげた。

ここはファミリーレストラン。シラズ達のテーブルには、ドリンクバーで入れたジュースとバイク雑誌、スケッチブックがならんでいる。スケッチブックには二つの丸と横線が描かれていた。パッと見た目、ナスかキュウリのようだが、シラズとしてはバイクのつもりである。

実は今度の芸術祭、シラズは賞を狙っていた。なにせ受賞者にはささやかながらも賞金が出るのだ。もらえる金はすべて欲しいシラズにとって、見逃《みのが》すことはできない。

問題は、賞をとる手立てが一切ないことだ。

文化的な活動とは無縁な生き方をしてきたシラズは絵筆を持つよりも、バイクをいじるドライバーを握っているほうが性に合っている。

そのため、特選や準特選だなんて高望みはせずに、佳作を狙って、才子に絵の指南を頼んでいた。才子が暇つぶしで描いている絵はウリエの油彩に比べれば気軽に描けそうに見えたのだ。

しかし、実際にやってみると難しいものである。「まずは君の実力を見せたまえ」と言われ、バイク雑誌を横目に見ながら描いてみたのだが、これがまったくと言っていいほど描けない。

「シラギン。その精霊馬《しょうりょううま》、どうやって乗るんけ」

「……るせー」

一方、才子の紙にはバイクを上手《うま》くデフォルメした絵が描かれている。同じものを見て描いたのにこうも違うものか。

「身近で好きなもんなら描きやすいと思ったのによぉ……」

「男っていつもそう。誰よりも身近にいてくれる人のことほどちゃんと見てないのよ……」

「人じゃねーし。クソー」

シラズはテーブルに突《つ》っ伏《ぷ》して呻《うめ》く。

「なんかもー、顔に墨塗りたくって魚拓《ぎょたく》みてーに押しつけて自画像として提出しちまおうかな」

「アタイは止めないよ」

「そこは止めろよ」

「Qs《クインクス》班長の全裸魚拓、班員として見守らせていただき候《そうろう》」

「話でかくすんな」

「あーデカめの唐揚げ食べたい」

「頼んでいいから、もっとしっかり教えろよ！」

今日は指南《しなん》を頼んだシラズの奢《おご》りだ。才子は「ほいほい」と言いながらコールボタンを押して店員を呼んでいる。

それを眺めながら、恐ろしく平和だなとシラズは思った。

「……自分が捜査官だってこと忘れそうになるわ」

「わしゃ常に忘れておる」

「それもどーなんだよ」

「今は唐揚げのことしか頭にない」

才子は「唐揚げ唐揚げ」と独自のメロディーをつけ歌っている。この調子だと、食べ終わるまで指導は受けられそうにない。手持ちぶさたになったシラズは余白を丸で埋め始めた。小さな丸が増えていく。

平和だと強く感じたのは、先だってのオークション掃討《そうとう》戦があるからだ。あの戦いは、シラズに様々な感情を抱《いだ》かせた。

──キレイに……なりたい。

死闘の相手、ナッツクラッカーにとどめを刺したとき、彼女が吐いた〝喰種《グール》〟らしからぬ言葉。

そのせいで、彼女を刺したときの感触が〝喰種《グール》〟の駆逐《くちく》ではなく人殺しのような重みを持ってシラズの心にのしかかっている。

人の死を連想させるそれは、父の自殺という光景にも勝手に結びついた。

深く物事を考える性分《しょうぶん》ではないぶん、感覚的に焼きついたものはなかなか消すことができないようだ。

あの戦いは、シラズだけではなくQs《クインクス》全員の心に何らかの影響を与えたような気もする。こうやって軽口を叩《たた》く才子もそうだし、ウリエも、六月も。

「ナイスな丸がいっぱいだねえシラギン」

「んおっ、マジだ」

いつの間にか、紙に隙間《すきま》なく丸を描いていた。

「うえ、なんか気持ち悪《わり》いな」

丸の集合体を見て、シラズはスケッチブックを閉《と》じる。しかし、才子が食いついてきた。

「ジッスイズ……アート」

「なんでだよ」

才子がシラズの手からスケッチブックを抜き取り、丸だらけの紙を見る。

「シラギン、でっかい紙に小さい丸を無数に描くのや。すんげえデッカイ紙に」

「はぁー？　面倒《めんどう》くさそうだし、そんなもんなにが面白《おもしろ》いんだよ」

突拍子もないことを言う才子に呆《あき》れていると、彼女はチチチ、と指を振る。

「アートなんてよぉわからんつまらんので、ええのや」

「お前、怒られんぞ。アートな奴らに」

「お前は〔CCG〕のクサマや！　丸を描きィ丸を！」

才子が紙をシラズの眼前に押しつけてくる。「やめろやめろ」と払いのけたシラズに、才子が、

「賞金が欲しくねえのかい⁉　ギンシラ！」

と言ってきた。

「それは欲しい」

「だったらこの〝カリスマス才子〟の言うことをお聞き」

現状のままでは賞にかすりもしないだろう。そうかと言ってこの丸が賞に結びつくとも思えないが、丸を描くという単純作業ならできるような気もする。シラズは「わかったよ」と答えた。

作品の方向性は決まったので、あとは描くだけだ。自分用の画材を買いにいくという才子と別れ、シャトーに向かって歩く。

「芸術祭、ねー……」

ウリエはいつもの調子で絵を描き、ハイセは六月とお菓子の城を作るそうだ。

「…………」

そういえば、ハイセもオークション掃討戦後、何か変わったような気がする。上手《うま》く表現できないが〝何か〟が。

「……まぁ、疲れてるだけかもしんねーけど」

大きな独り言を言って、ふと思い出す。

「あ、そだ」

シラズは進む方向を変えた。

到着したのは喫茶店。店の名は「:re」。シラズは店のドアをくぐる。

中に入るとコーヒーの香りに包まれた。店内には書籍やアンティークが並び、落ち着いた雰囲気を醸《かも》し出《だ》している。シラズとしては、もう少し賑やかな場所のほうが好きだが、以前ここで、ハイセと六月、シラズの三人でコーヒーを飲んだことがあった。

「いらっしゃいませ」

穏《おだ》やかな微笑《ほほえ》みを唇《くちびる》に乗せた店主が挨拶《あいさつ》をしてくる。年はシラズとさほど変わらないだろう。可愛《かわい》らしい女性だ。

「あ、ども」

シラズはカウンター席に座り、コーヒーを一杯注文する。カウンター内にいた寡黙《かもく》な男性店員が、コーヒーを淹《い》れてくれた。

香り立つ湯気。熱いまま口をつける。相変わらず美味《おい》しい。このコーヒーを飲んで、ハイセは涙を零《こぼ》していた。

「今日はお一人なんですね」

店主に声をかけられ、顔を上げる。

「あ、ハイ。前飲んで旨《うま》かったんで、ぶらっと」

「ありがとうございます。そういえば病院でも会いましたよね」

以前、鈴屋班の半兵衛に連れられて、什造のパートナーだった篠原《しのはら》を見舞ったことがあった。そのとき、彼女とすれ違ったのだ。それだけなのに、彼女はきちんと覚えてくれていたらしい。

それならば、と話をきり出す。

「あの、サッサンってここ通《かよ》ってます？　えっと、俺と一緒にいた人なんスけど。眼帯じゃないほうの……」

尋ねると、「最近は見ませんね」と返ってきた。最近、ということは、何度か足を運んだことがあるのだろう。

「いろいろとお忙しいんでしょうね。捜査官のお仕事をされてると聞きました」

「や、今はそんな忙しくないと思うんスけど……」

オークション掃討戦の事後処理も落ち着き、時間もあるはずなのだが。所有権を発動させた〝喰種《グール》〟の対応に時間を使っているのだろうか。

「……あ、そだ。今度〔CCG〕で芸術祭があるんスよ」

「〔CCG〕で、ですか?」

店長は、芸術祭のことよりも、〔CCG〕というワードに反応を示した。

「珍しいっしょ。サッサンは眼帯のトオルって奴と、お菓子の城作るらしいです。けっこー面白いんで、暇だったらどうッスか。一般開放されてるんで」

今年はとくに賑わっているので、楽しめるのではないだろうか。

「行ってみたいのは山々なんですけど、お店のほうが……」

彼女はカウンターの中にいる男性店員を見た。寡黙な彼はとくに反応することなくコーヒーカップを洗っている。

「あ、そりゃそうか。まぁ、時間があれば」

「はい。ありがとうございます」

店主は柔らかく微笑み、仕事に戻っていった。シラズもコーヒーを飲み干し店を出る。

「んー……不発だったな」

彼女が来ればハイセが喜ぶのではないか、なんて思ったのだが。

「ま、でも、サッサンこっそり通ってたみてーだし……」

また余裕ができれば自分で行くだろう。シラズは今度こそ、シャトーに向かって歩きだした。

「帰ったか、あいつ」

シラズが出ていったあと、店の奥から眼鏡《めがね》の男が姿を見せた。

気《け》だるげな表情を浮かべ、椅子《いす》にドサリと腰掛けたのは西尾《にしお》錦《にしき》。〔CCG〕ではオロチと呼ばれるSレート以上の〝喰種《グール》〟である。

かつてQs《クインクス》とも交戦し、顔はマスクで隠していたとはいえ、声は聞かれていた。だから店の奥に引っ込んでいたのだ。

「行ってくりゃいいじゃねーかよ。『店長』サン」

この店の店長である霧嶋董香《きりしまとうか》はニシキの言葉に「アホか」と答え、シラズが出ていったドアを見つめた。

佐々木琲世《はいせ》が、金木研《かねきけん》としてトーカたちと過ごしたことを知ったら、彼はどう思うのだろう。

ニシキがコーヒーくれよ、とトーカに強請《ねだ》ってくる。「自分で淹れろ」と返すと「ケチくせーの」と言ってカウンターの中に入ってきた。

「しっかし、芸術祭ねぇ……。学校みてーだな」

「いいんじゃないの、楽しそうで」

シラズが飲んだコーヒーカップを洗いながらトーカが言う。

学校。

その響きが胸に痛い。

——トーカちゃん、今度一緒に動物園に行かない？

ふと思い出す、あの風景。まだ学校という場所にいられた日のこと。

——動物園？

——うん。お弁当を持ってね、夏休みのどこかで……また二人で行きたいなーって。勉強で忙しかったらいいんだけど……。

――いいよ。一日くらい息抜きしてもバチ当たらないでしょ。

失うばかりの身の上で、増えたのは果たせぬ約束ばかり。

――卒業したら依子《よりこ》とも別々か。

――……ヤだなぁ……。

――依子。卒業しても遊ぶぞ。

寂しがる友人にかけた言葉は、結果的に、嘘となった。

「んー、まぁな。ああやって馬鹿やれるってのは楽しいだろうよ」

コーヒーを淹れ終わったニシキが言う。そうかと思えば、急に「フッ」と短く笑った。

「なに、気持ち悪い」

「んだと」

ニシキが睨みつけてくるが、下らないと思ったのか、コーヒーを手にカウンター席に回った。

「大学の学園祭準備で、間抜けヅラ晒《さら》してやってきた奴がいたなーって」

ニヤリと笑いながらトーカを見てくる。ニシキが通っていた大学には彼がいた。

「…………」

トーカはもう一度、店のドアを見つめる。あのドアを潜《くぐ》って現れたカネキを、いや、佐々木琲世を見たときの衝撃は今でも覚えている。

洗ったコーヒーカップを拭《ぬぐ》い、棚に戻してからトーカは言った。

「大事にされてるみたいじゃん、アイツ」

シラズの口ぶりから、カネキが彼らに必要とされ、それがカネキの居場所となっているだろうことが想像できた。

「そりゃ、どっかのクソ怖《こ》ェー、メスライオンに比べりゃな」

「あ？　殺すぞ」

またも睨み合うが、馬鹿らしくなってすぐに視線を外《はず》す。何気なく隣を見ると、四方《よも》がトーカを見ていた。その視線もすぐに外れる。

「…………」

彼に「トーカちゃん」と最後に名前を呼ばれたのはいつだっただろう。

「……ニシキ、せっかくだからあんた行ってくれば？　芸術祭に。私の代理で」

「こんな寒《さみ》ィ時期に肝試《きもだめ》しなんかゴメンだっての」

日が暮れ、もうしばらくすればまた学校帰りの学生や社会人で店が賑わうだろう。トーカは自分と四方用にコーヒーを淹れる。

そういえば昔、コーヒーの練習台に弟であるアヤトを使ったことがあった。彼は、どれだけ飲ませても「美味しい」とは言わなかった。

今は、どうだろう。芳村《よしむら》が淹れていたコーヒーには敵《かな》わないが「あんていく」の味を出せているだろうか。

そこで、ハイセの姿が頭をよぎる。

コーヒーを飲んだ彼が零した涙。名が変わろうが、記憶を失おうが、彼は彼。

トーカは自分が淹れたコーヒーを口に含んだ。寂しさがないわけではない。

ただ、それ以上に強い想いがトーカには、そしてこの店にはある。


日が暮れ、飲み屋街が賑わう頃。

こぢんまりとした居酒屋に入った喰種《グール》捜査官、富良《ふら》太志《たいし》は、カウンター席に目立たぬ背中を見つけた。

店にとけこむ姿に思わず苦笑して「よぉ」と呼びかける。振り返った彼、平子丈は富良を見て小さく会釈《えしやく》をした。

「隣いいか」

「どうぞ」

酒を頼み、出てきたお通しを軽く口に入れながら、平子に話しかける。

「なんか大変だな、芸術祭」

「そうですね」

「お前も参加すんだろ？　何出すんだ」

「倉元に言われて犬の写真を」

「ああ」

参加することになったものの、何を出せばいいのかわからない平子に、飼っている犬の写真を撮《と》って出せばいいと、彼の班の副班長である伊東倉元がアドバイスしたのだろう。

写真といえば、宇井も写真を利用したコラージュを作っていたのだが、それに協力すると申し出た望元の写真がすべて心霊写真で使えないと頭を抱《かか》えていた。望元の実家は寺のため、引き寄せてしまうのだろうか。その後、望元自身も写りこむ幽霊に嫌気《いやけ》が差してカメラを破壊したらしい。

「そちらは？」

タバコをとり出して火をつけていると、平子に尋ねられた。富良はいやいやと首を横に振る。

「芸術ってガラじゃねーし、有馬に自分の作ったもん見られるのはな」

過去、短期間ではあるが有馬と同級生だったことがある富良は、捜査官として有馬とつき合う年月のほうが長くなろうとも、あのときの感覚を忘れずにいる。

──俺〝喰種《グール》〟を追って転々としてるからさ。こんなに同年代の奴と会話したの久しぶりだ。普通の学校生活……とまではいかないけど。けっこう楽しかった。ありがとう。

出会ったのは高校二年。

無愛想で、言葉数が多いわけでもないのによけいな一言が多くて、淡々と仕事をこなし、その過程でついでのように富良の命を救って、〝喰種《グール》〟によって命と右目を奪われた幼なじみたちの仇《あだ》を討《う》ちたいという願いまで叶《かな》え、彼は去っていった。

あれから十数年たった今も富良にとって有馬はよくわからない相手だが、わかった顔をして語りたくない存在でもあるのかもしれない。

「……そういや、お前」

平子は今、班長として部下を率《ひき》いる立場だが、有馬の補佐として、有馬班への復帰を求められているらしい。副班長である伊東が育ってきたのを考えると、そろそろ時期が近づいているのではないかと思う。

ただ、ここで話すことでもないだろうと富良は言葉を飲みこむようにタバコを吸った。

あの〝最強の捜査官〟相手に長年パートナーを務めてきた男だ。背負《せお》っているものも多いだろう。

「……いま、犬の写真は持ってねぇの？」

「いえ、提出したぶんしか」

「そうか。芸術祭で、カミさんや娘と探してみっかな」

ふぅ、とタバコの煙を吐く。煙はすぐに消えていった。


過ぎていく時間。芸術祭はゆっくりと近づいてくる。

「……いっぽん、にーほん、さーんぼん……ふふ」

白かった画用紙は少しずつ、着実に彩《いろど》られていた。

ハイルは床に座りこみ、周囲に色鉛筆を散らばらせ、塗り進めている。

描かれるのは花畑。思い出の景色だ。

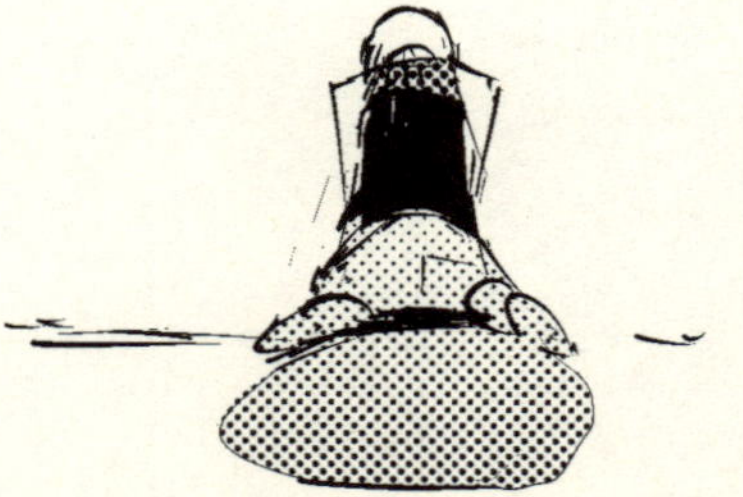

例年にない盛り上がりを見せている芸術祭。ついに締め切り日となった。作品を間に合わせることができなかった捜査官らの嘆《なげ》きも聞こえるなか、審査が始まる。

「……なぜこんなに作品が多い」

毎年審査員役を担う和修家の一人、和修政《まつり》が所狭しと並ぶ作品を眺めうんざりした表情を浮かべた。すべての作品を確認するだけで時間がかかりそうだ。

「いいじゃないか、大盛況で」

一方、笑顔で作品を見ているのが、〔CCG〕の本局局長であり、政の父である和修吉《よし》時《とき》である。

「時間の無駄だ」

「その貴重な時間を使って作られたものばかりだ。じっくり見るといい」

反抗的な政を、吉時がやんわり諭《さと》す。しかし、政の不満顔は消えない。

そんな彼らから少し離れた場所で、有馬は一人、作品を確認していた。

気に入った作品を一つだけ選べばいいと言われている。これがいい、というものに出会えればそれで終わりだ。

有馬は速足で進む。

そのまま、止まることなく、作品も一通り見終わりそうになったそのときだった。

「…………」

有馬の足が止まった。それは一枚の絵。画面一杯に咲き乱れる花の中、穏《おだ》やかに佇《たたず》む黒髪の青年と、幼い少女がいる。

「…………」

原初的な風景。

有馬はしばしの間足を止め、その絵を眺めた。

五

ＣＣＧ芸術祭当日。〔ＣＣＧ〕本局と同区にあるコンベンションセンターは例年にない賑わいを見せていた。

絵画や彫刻、陶芸など、様々なものが展示され、優秀な作品には賞ごとに色分けされたリボンがついている。

そんななか、特選の赤いリボンがついた自身の絵画をウリエは眺めていた。

「……（当然だな）」

アカデミー特待生で、しかも首席で卒業し、現在も功績をあげるウリエが、趣味の分野でもプロ級であると、周囲は賞賛している。

なぜかQs《クインクス》が全員受賞し、腹が立つところもあったが、それでも数少ない最も栄誉ある特選を受賞できたのはウリエ一人。

「……瓜江」

「……（来たな）」

すべてはこの男に圧倒的な差をつけるためのものでもある。ウリエが振り返ると、そこには武臣がいた。

「特選おめでとう」

「べつにたいしたことじゃない。（どうだ）」

「いや、やはりお前の言うとおりだ。芸術は一朝一夕《いっちょういっせき》でできるものではないな」

武臣がウリエの絵を見て言う。

普段《ふだん》、彼に褒《ほ》められても苛立《いらだ》ちが勝《まさ》るが今日ばかりは違った。芸術面に関して武臣はまったく評価されることのない人間なのだ。ウリエと比べられることさえない。それが心地良い。

「そっちはどうだったんだ？（参加賞でももらえたか？）」

意地悪く尋ねると、武臣が言う。

「自分は佳作だった」

「……佳作？」

思いがけない言葉に、一瞬で胸の奥がざわついた。

――佳作？　お前が？　なぜ？

所詮《しょせん》佳作、気にするほどではないと自分に言い聞かせるのに、鼓動が早くなる。

「瓜江のアドバイスのおかげだ。ありがとう」

「感謝されるまでもない（アドバイスなんかした覚えはないぞ。どういうことだ。俺を真似て絵でも描いたのか？）」

体中を虫が這《は》い回《まわ》るような不快感。武臣はこちらの気持ちなど知らずに「では」と去ろうとする。

「ブジン、お前の見てきたぞ！　すっごいな！」

そこに、弾《はず》んだ声が入りこんだ。駆け寄ってきたのは糸目の伊東倉元だ。隣にはもみあげと下まつげが特徴的な道端信二《みちばたしんじ》がいる。二人とも武臣と同じ班に所属する先輩だ。どうやら武臣の作品を見たらしい。

「つーかアレどうやって運んだの⁉　まず材料集めるところから聞きたいんだけど！」

「……（どうやって運ぶ？　材料集め？）」

なにか特殊な物でも作ったのだろうか。

「父が車を出してくれたので、山のほうに」

「……⁉（山⁉）」

なぜ山に行く必要がある。

「くらもっちゃん、お前の作ったもん見上げて口ぽかーんと開《あ》けてたぞ」

「……（見上げる⁉）」

「いやいや、ミッチーだって体育祭思い出して登りたくなるって興奮してたっしょ！」

「（体育祭⁉　登る⁉）」

先輩二人に褒《ほ》められる武臣。

「（いや、これは同班故《ゆえ》の……身内のつまらない褒め合いだ……！）」

そう思うのに、いても立ってもいられなくなってくる。瓜江は武臣たちからスッと離れて会場内を速足で歩き始めた。

「（いったい何を作ったんだ黒磐武臣。お前には芸術的センスなんかないはずだ。本来俺が気にする必要もない。ただ、お前の拙《つたな》い作品を見て笑ってやるための確認を……）」

そんなウリエの耳に「黒磐の作品見たか」と声が聞こえてくる。伊東や道端とは違い、武臣とは普段交流がなさそうな捜査官達も彼を噂しているのだ。ウリエは彼らの視線を追った。

「……!?」

そこには人だかりができているにもかかわらず、目視できる作品がある。

「トーテムポール……（トーテムポール）」

三メートル近くあるだろうか。削《けず》りは荒く、素人《しろうと》くさいのだが、インパクトは突き抜けている。ポカンと開いてしまった口に気がつき、慌《あわ》てて唇《くちびる》を閉じた。

なぜこんなものを作ったのだと考えて、思い出す。

――……筆のような繊細《せんさい》な道具よりも、木でも使えばどうだ？

嫌味《いやみ》のつもりで言ったにもかかわら

ず、武臣は真正直にその意見を参考にしたらしい。

「さすが黒磐」

「やっぱ違うよな」

その結果、ウリエが最も聞きたくない、武臣の評価が耳に入ってくる。

「(だから嫌なんだッ、アイツは!)」

ウリエは歯がみしながらその場を去った。


ウリエが去ったあと、入れ違いでトーテムポールの前に立った女性二人組がいた。

「奥様!」

それに気づいて駆け寄るのは、長身で額の中央にほくろがある、五里美郷《ごりみさと》だ。特等捜査官、黒磐巌の下《もと》、アオギリに対処するべく特別編成された「11区特別対策班」や20区での「梟《フクロウ》討伐《とうばつ》作戦」に参加した女性捜査官である。

「美郷さん、こんにちは」

そして、美郷に気づき微笑《ほほえ》んだのは巌の妻であり、武臣の母である女性だった。結婚が早かったらしく二十歳にもなる息子がいるようには見えない。

どっしりとした安定感で、実年齢よりも上に見える巌とは対照的だ。

「お久しぶりです、奥様」

「いつも主人がお世話になっています」

「とんでもないです！　ご子息の活躍、目覚ましいものがありますね」

美郷はそびえ立つトーテムポールを見上げる。

「美郷さんの活躍も主人から聞いていますよ」

「いえ、そんな……私なんてまだまだです」

尊敬する上司がそんな風《ふう》に言ってくれているのは嬉しいが、美郷は謙遜《けんそん》する。

「今日は黒磐特等やご子息の作品を見に？　黒磐特等の大皿も見事なものでしたね」

左腕をなくし隻腕《せきわん》となった歳だが、今でも捜査官として働いている。大皿も、右手一本で作ったとは思えない出来だった。

しかし、彼女は「いいえ」と首を横に振る。

「今日は篠原さんのつき添いなんです」

黒磐の妻はそう言って、隣に立つ女性を見た。芯の強そうな微笑みを見せるのは「不屈の篠原」と呼ばれた篠原幸紀《ゆきのり》の妻。

「こちらは……篠原特等の奥様でしたか」

美郷はペコリと頭を下げる。

「什造くんの作品が展示されていると聞いて見にきたんです」

篠原が倒れ、ベッドから起き上がることも目を覚ますこともできなくなって久しいが、今でも交流は続いているようだ。

「鈴屋什造の作品でしたら、中央にありました。同班、御影三幸のミステリーサークルのような連鶴折り紙の隣にあります」

場所を教えると、篠原の妻が「実は探していたの、ありがとう」と礼を言った。それから二言三言かわし、二人と別れる。

「………」

捜査官である夫を支え続けてきた彼女達の背中を見つめ、美郷はそっと息を吐いた。美郷にとって憧れの存在だった亜門鋼太朗《あもんこうたろう》を思い出したからだ。

正義感が強く、優秀で、将来を有望視されていた彼は、20区の梟戦で殉死《じゅんし》したと言われている。しかし、遺体は見つかっていない。美郷は未《いま》だに、彼が死んだとは思えなかった。

「美郷」

亜門に想いを馳《は》せている最中、呼びかけられて体が跳《は》ねる。

「ボーッと突っ立ってどうした」

声をかけてきたのは真戸暁だった。美郷より年も期も下だが、いつも砕《くだ》けた口調で話しかけてくる。それは彼女が美郷の階級を追い越した今でも変わらない。

「……少し前まで黒磐特等と篠原特等の奥様方と話していた」

「いらっしゃっているのか。挨拶《あいさつ》をしておいたほうがいいな」

昔と変わらないところはあるが、以前に比べて変わったところもある。こういう周囲への気遣《きづか》いもそうだ。

部下を指導するという立場がそうさせるのか、彼女が受け持つ佐々木琲世やQs《クインクス》が彼女をそうさせたのか、美郷にはわからない。

「ではな」

「ああ……」

アキラがこちらに背を向ける。重責を背負《せお》うには華奢《きやしや》な背だ。

「……真戸暁」

「うん？」

気づけばアキラを呼び止めていた。

常に冷静でクインケに対する造詣《ぞうけい》も深い優秀な捜査官。彼女に憧れる女性捜査官もこれから増えていくのだろう。

だが、彼女の中にも波立つ想いがあるのだと、美郷は知っている。亜門鋼太朗や、彼女の同期である滝澤政道《たきざわせいどう》のために流した涙を美郷は知っているから。

「………」

先だってのオークション掃討《そうとう》戦で、突如現れ捜査官をかく乱した謎の〝喰種《グール》〟がいた。美郷の周りには不用意な噂話を流す者はいないが、それでも、不吉な色は感じ取っている。

「……美郷？」

呼び止めたものの、言葉が出てこない美郷を見てアキラは「用はないのか」と首を傾《かし》げた。彼女はふむ、と口元に手をあて、美郷を見る。

「用もないのに人を呼び止める暇があるなら、奥方のところまで案内してくれ。礼に旨《うま》いカレー屋を教えてやる」

わかりにくいが、それはランチの誘いだった。

「どうする？」

ニッと笑うアキラ。美郷はふんと鼻息を荒くし、アキラの隣に並ぶ。

「ついてこい」

「頼む」

展示品を楽しげに眺める人、仲間と笑い合い歩く人、捜査官として戦う彼らが、人の顔でこの空気を楽しんでいる。

ハイルはそんな人の合間を縫うように、一人ゆっくり歩いた。

特選、準特選、佳作。リボンがついた作品たち。

ハイルは色鉛筆で丁寧《ていねい》に書きこまれた自分の絵の前に立つ。視線を横にうつすと、名前の横に青いリボンがついていた。準特選のリボンだ。

「せっかく褒めてもらえると思ったのに」

有馬が一つだけ選ぶ、特別審査員賞は逃《のが》した。両手を後ろで絡《から》ませ、「ぶーぶー」ぼやく。準特選でも褒められたことなのだが、ハイルにとって意味はない。

「やっぱり〝喰種《グール》〟を倒さにゃ。たくさん」

それが一番手っ取り早い。そう思いながら、飾られた絵をじっと見つめる。しかし、気配に気がつき、そちらを向いた。遅れて、周囲がざわめきだす。

眼鏡《めがね》の奥に静かな瞳《ひとみ》、ただ歩いているだけで人を粟立《あわだ》たせる男。

「有馬さん。私、有馬賞が欲しかったんよ」

ざわめく周囲とは対照的に、ハイルは有馬に呼びかける。有馬はハイルの隣で立ち止まった。

「『特別審査員賞』だろう」

「有馬さんがくれる賞だから、有馬賞でしょ」

断言するハイルに有馬も口を閉ざす。

「力作だったんよー」

ハイルは自分の絵を指さす。美しい花の中、佇む青年と少女。

「……評価対象にならなかった」

有馬は素《そ》っ気《け》なく言った。

「えー」

頬を膨《ふく》らませるハイル。有馬はハイルが描いた絵を見つめたままつけ足す。

「懐かしい風景だったから」

思い出の場所がある。

人なのか、〝喰種《グール》〟なのか、植

えつけられた矛盾《むじゅん》、語ることのできない秘密、強要された定め、生み出された場所は——白日庭《はくびてい》。

あの庭で彼に出会った。

ハイルは、ふふ、と微笑《ほほえ》む。思い出が共有された。それがたまらなく心地良かった。

「来年度からはシャオもこちら側にくる」

「シャオ！　また耳かきしてもらおーっと！　楽しみー」

「ああ、良くしてやれよ」

有馬はそう言って、去っていった。また別に行く場所があるようだ。きっと、ハイセのところだろう。

「ハイル！」

一人絵を眺めるハイルの隣に今度は別の人が立つ。

「……郡先輩」

「準特選だったんだろ。すごいな」

宇井がハイルの作品を見て言った。

「郡先輩は特選じゃないですかー」

ハイルは自分の絵から離れ歩きだす。宇井はハイルの少し後ろを歩く。

業務中は「後ろを歩きなさい」と説教してくる宇井も、今は何も言わない。

「特別審査員賞、メチャクチャだったな。ああいうの選んじゃうのが有馬さんなのかもしれないけど」

結局、有馬が選んだのは、米林《よねばやし》才子の作品「俺の考える最強の捜査官」だった。鬼の金棒風《ふう》クインケをもった筋肉隆々の捜査官の絵である。モデルは同班の瓜江久生《くき》らしい。

「『初めてこういうものを見た』から選んだって。他にもいろいろあったでしょーに」

有馬さんはズレていると宇井がぼやいている。

「佐々木くんのお菓子の城もぶっ飛んでるし、丸だらけの絵は不気味だったし、Qs《クインクス》ってやっぱりおかしい……」

そんな言葉を遮るように「郡先輩」と呼びかけた。

「ん?」

「捜査、行きましょ」

終わったことはどうでもいいのだ。

「……私、休みなんですけど」

「私もです。一緒ですね」

うんざり顔の宇井に、変わらぬ笑顔のまま言う。

「いいじゃないですか、案件は山ほどあるし。やっぱりね、鉛筆とかハサミよりも、クインケ持ってるほうが私達に合ってますよー。ね？」

ハイルは「ダメなら一人で行きまーす」と会場の出口を向いた。

――早《は》よせにゃ。

有馬に褒めてもらうために。

――私ら、〝長くないから〟。

何のために生み出されたのかとか、なぜそんな運命が課せられたのかとか、そんなことはどうでもいい。

幼い頃、優しく頭を撫《な》でてくれたあの手の感触をまた味わえれば。

ハイルの背後で宇井の大きなため息が聞こえる。しかし彼はすぐに顔を上げて、ハイルの横を通り過ぎていった。

「行きますよ」

こちらを振り返り指示を出す宇井。

ハイルは「はーい！」と返事をした。

#006
[request]

TOKYO GHOUL

Novel [quest] —— :re

結果から先に言えば、〔ＣＣＧ〕のブレインである対策Ⅱ課に属し、数々の難解な局面を乗り越えてきた特等捜査官、丸手斎《まるでいつき》は、全身塩まみれになりながら、巨漢、田中丸望元《たなかまるもうがん》を背負《せお》っていた。

一

「……安浦《あうら》特等、丸手です。どうされましたか」

例年にない盛り上がりを見せたＣＣＧ芸術祭からしばらくたった日のことである。呼び出しを受けた丸手は、安浦清子《きよこ》のデスクの前に立ち、そう尋ねた。

艶《つや》やかな黒髪を後ろで縛り、長いまつげと口元のほくろにも艶っぽさを滲《にじ》ませる彼女は、女性でありながら対策Ⅰ課をまとめる特等捜査官である。多くの捜査官育成にも携《たずさ》わり、現在、鈴屋《すずや》班で活躍する半井恵仁《なからいけいじん》や、今は亡き丸手の同僚、真戸呉緒《まどくれお》、さらにはあの有馬《ありま》貴将《きしよう》も彼女から指導を受けていた。

「忙しいところにごめんなさいね、斎くん」

そして丸手もまた、入局後に安浦の元で教習を受けた捜査官の一人である。人払いされた業務室の中、役職名ではなく砕《くだ》けた呼び名を使われ、丸手の張っていた肩の力が抜けた。重要な案件だろうと思ってやってきたのだが、違うのだろうか。

「これを見てもらえるかしら」

安浦がデスクの中から取り出した写真の束《たば》をこちらに渡してくる。

「これは……」

写真には捜査官とおぼしき男性が両手ピース姿で写っていた。ここにいるのがかつての上司である安浦でなければ「なんだこれは」と言って投げ捨ててしまいそうだ。丸手はな

にか意味があるのだろうと注意深く写真を見る。そして、気づいたのだ。

写真に写っているのは壁にもたれた捜査官たった一人。周りに人の姿はない。それなのに、捜査官の肩には、不自然に置かれた手があったのだ。

「……これ」

丸手が安浦を窺《うかが》うが、彼女は他の写真も全て確認しなさいとでも言うように黙っている。

丸手は次の写真を見た。寂《さび》れた廃工場の写真だ。

「……うおっ」

すると今度は工場の中にうっすらと浮かぶ上半身があった。しかも、肩から赫子《かぐね》らしきものが出ている。次の写真にも、その次の写真にも、この世の者とは思えない〝喰種《グール》〟と思わしき何かが写っていた。

「……清子さん」

「世間的に言うなら心霊写真ね、〝喰種《グール》〟の」

――大の大人が［CCG］の本局でなにを見せられてんだ。

そんな思いがこみ上げるが冷静な自分もいて、元凶には思い至った。

「……望元さんすか？」

「ええ」

丸手や安浦と同じく特等捜査官である田中丸望元は寺の息子で、本人が言うには霊感が強く、幼少期から様々《さまざま》な心霊体験をしてきたらしい。それが嫌《いや》で逃げるように捜査官になったという異色の経歴を持っている。しかし、今でも〝喰種《グール》〟を駆除するという、生きものの生死に触れる仕事が災いしてか「見えるのだよぉ、ボーイ！　髪のながぁ〜い、白装束《しろしょうぞく》の尾赫《びかく》の女喰種《グール》が、こちらを恨《うら》めし気《げ》に睨みつけているのがぁッ！」と泣きついてくることがあった。その度に「働きすぎっすよ」と慰めていたのだが、彼が撮った写真には、心霊番組に送れば一発採用であろうものが大量に写りこんでいる。それだけショッキングな写真だった。そこで思い至る。

「写真に写ってる局員達はなんつってんすか？」

写真の大半は捜査官で、しかもただの霊ではなく、〝喰種《グール》〟の霊とのツーショットである。なかには大量に写りこんでいるものもあった。安浦は物憂《ものう》げにため息を吐《つ》く。

「自分が駆逐《くちく》した〝喰種《グール》〟じゃないかって大騒ぎ」

丸手は、これは馬鹿げているが、侮《あなど》れない話だと額《ひたい》に手を当てた。〝喰種《グール》〟が人に仇《あだ》なす存在とはいえ、命を奪うということに重圧を感じている捜査官は少なくない。そこで殺した〝喰種《グール》〟に取《と》り憑《つ》かれているだなんて話が流れれば士気《しき》が下がること請《う》け合《あ》いだ。

「田中丸特等なんて毎晩〝霊障《れいしょう》〟に遭《あ》うって喚《わめ》いてるわ。……このままでは業務に支障をきたす恐れがある。それで、Ⅱ課のあなたに相談したの」

——Ⅱ課は心霊相談は請け負ってないです。

そんな言葉がこみ上げてきたが、安浦だって同じだろう。納得いかないことだらけだが、写真を撮られた捜査官の不安を取り除き、この騒動を収めなければならない。

「……いやでも、これがマジモンかどうかわかりませんけど、実体がないもん相手にどうすりゃいいんすかね……なんなら塩でもまきますかー、なんつってね……」

思いついたまま発言したが、安直すぎるかと考え直す。しかし、再び思考の海に突入した丸手とは違い、安浦があっさりと判断を下した。

「そうしましょう」

「え」

「塩で清めるの」

言った丸手のほうが「ですが」と慌《あわ》てる。しかし安浦は話がついたとばかりに写真をしまって立ち上がった。

「〝なにかやっといた〟が重要なのよ。こんなものは気の持ちようなんだから。では決行は次の金曜。よろしく頼むわね」

そして、颯爽《さつそう》と去っていく。彼女がいなくなってから丸手は呟《つぶや》いた。

「……っと、俺が用意する感じですかね……？　塩……」

特等になろうが功績を挙《あ》げようが、最前線を走り続ける上司がいる限り、使い勝手の良い中間管理職。丸手は面倒くさいことになったと肩を落とした。

二

数日後。部下である馬淵《まぶち》の力も駆使《くし》して神社で清め塩を大量に手に入れた丸手は、安浦、望元とともに写真を撮られてしまった捜査官に塩をまき歩いていた。

「ンン、すまんね丸手ボーイ……。大の男がこのような、か弱き一面をさらしてしまうとは……」

事の発端である望元がフスーと鼻からため息を吐《つ》く。

「なにせ毎晩悪夢を見ては金縛《かなしば》りに遭《あ》い、そのまま幽《ゆう》体離脱《たいりだつ》するという〝霊障《れいしょう》フルコース〟……夢で、痩《や》せ

こけた女が私を呼ぶのだよ…来い、来いと……」

「そりゃ災難っすね……」

なぜ自分がこんなことをしなければならないのだという思いはあるが、望元の充血した目とその下にくっきりと浮かぶクマを見れば彼の苦労も窺《うかが》い知れる。

「さ、清めを享受《きょうじゅ》したまえ」

望元は丸手が手に入れた清め塩を片手いっぱいにつかむと、写真を撮った捜査官の胸や背中、足下に塩をかけた。寺の息子が神社の塩をまくという、奇妙な光景だ。

「ありがとうございます。まさか特等お三方に気遣っていただけるとは……」

対する、不運なことに望元に写真を撮られ心霊写真の餌食《えじき》となった捜査官は、感動した様子《ようす》でそう言った。除霊の塩よりも、丸手ら特等による気遣いのほうが、彼らにとって効果的だったのかもしれない。

「……これで全員清めたわね」

塩をまき始めて数時間。なんとか写真に写った捜査官全員に塩をまくことができた。だが、これで終わりかと思えばどうやら違うようである。

「ンン、あとは〝写真の場所〟のほうだねえ〜」

望元が撮った写真の中には本来であればなんの変哲もない街の景色も撮られていた。その中に、恨めしそうな顔をしてこちらを見ている〝喰種《グール》〟の霊らしきものが写っている。

「〝場所〟は放っておいてもいいんじゃないっすか……？」

「いいから気のすむまでやらせてあげなさい」

「ンン、丸手ボーイ……、霊といえど、〝喰種《グール》〟の駆逐《くちく》は我々の仕事だよ？」

そんなものはあの世に逝《い》った捜査官にでも任せておけと理不尽な怒りを覚える。しかし、この不可解な任務から解放される最短ルートは、安浦や望元が望む通り塩をまいていくしかないのだ。

散歩がてら写真を撮ったという望元だったが彼の行動範囲は驚くほど広く、西に東に移動していく。安浦、望元ともに丸手よりも年上なのだが、さすが現役現場の捜査官というべきか体力が半端《はんぱ》なかった。後方支援にまわり、肉体を酷使する機会が減ったⅡ課の丸手にはキツイものがある。

それにしても、恐るべきは望元の写真だ。彼が写真を撮った場所は、Qs《クインクス》が追撃戦を行った繁華街や、鈴屋《すずや》班が大量一掃《いっそう》を行った廃工場など、捜査官による〝喰種《グール》〟駆除《くじょ》報告があった場所なのである。なかにはなんの報告もない場所で、エアロビクスらしきものを踊っている霊が写りこんだりもしていたが、もしかするとここでも何か事件があったのかもしれない。望元の写真を使えば心霊捜査ができそうだ。

「ここで最後っすかね……」

心霊写真巡礼《じゅんれい》により体力を奪われ息が上がるが、ようやくたどり着いたのは、かなり長い間放置されているのだろう平屋の廃屋だった。人目を避けるように高い木に囲まれ、雑草が生い茂り、外壁を覆うツタが、割れた窓ガラスの隙間から中にまで入っている。

「……なんでこんなところで写真撮ったんすか」

羽虫《はむし》が飛《と》び交《か》う家の前で丸手が呆然《ぼうぜん》と呟《つぶや》く。しかも、望元はこの廃屋の中で写真を撮っているのだ。

「なにやら呼ばれたような気がしてねェ……」

「ゾッとしねえ……」

入り口に盛り塩をしてそれで終わればいいのではないかと思ったが、安浦が「じゃあ入りましょう」と言って裏口からすたすた中へと入っていく。

「うへぇ……」

廃屋の内部は明かりが届かず薄暗い。天井にはクモの巣が張り、ところどころで土壁が崩れ、中の格子《こうし》が見えていた。床《ゆか》は板張りで、歩くとギシギシ軋《きし》む音がする。霊感がない丸手でも、何かいるのではないかと思う雰囲気だ。

「……ここっすね」

最奥のリビングには倒れた食器棚とホコリを被《かぶ》ったテーブルがあった。丸手は写真と現場を照らし合わせる。写真の中では、テーブルのそばに若い女の顔が浮かんでいた。望元がテーブルに塩をまき読経《どきよう》する。神道と仏教の共演だ。

「……これで一安心っすかね」

お経を読み終わった望元に丸手が声をかける。写真に写った場所全てに塩をまいたことで、望元もようやく表情を和《やわ》らげた。

──ギシ。

そんな丸手の耳に、突然、何かが軋む音が聞こえた。聞き間違いかと思ったが望元の体が跳ね、顔が瞬時に強張《こわば》る。安浦に視線を送ると彼女は口元に人差し指をあて、静かにするようにと指示を出してきた。その目は部屋の入り口に向いている。

──ギシ、ギシ、ギシ、ギシ。

丸手達が通った廊下からその音が聞こえてくる。床が何かの重みに鳴いている。

いや、そんなまさか。

丸手の心臓が不快なリズムを奏《かな》でだした。望元はドッと汗を滲《にじ》ませ、丸手の肩をつかんでくる。安浦だけが表情を変えず、真《ま》っ直《す》ぐ入り口を見ていた。部屋の入り口から見える廊下に、影が差した。

「……〝白鳩《ハト》〟ォォォォォ！」

静寂は一気に破られる。瞳を赤く染め、背にうねる赫子《かぐね》を出現させた〝喰種《グール》〟が飛びこんできたのだ。これが写真に写っていた〝喰種《グール》〟の霊なのか。望元が「ふおおおおおおお！」と叫び、丸手の肩に置いていた手に力を込める。

「あだあああああああ！」

丸手の肩の骨が粉々に砕け散りそうになった。

「あるわね、〝足〟」

そんななか、安浦が流れるような動きでアタッシュケースを操作し、幅広のライフルのような羽赫《うかく》クインケ、〝是毘図《ぜびず》〟を構え、トリガーを引いた。

「ひぎゃあッ！」

至近距離で発射されたそれを全弾喰《く》らった〝喰種《グール》〟が脆《もろ》くなった土壁に衝突し、壁ごと吹っ飛ぶ。安浦は是毘図を分離させ、二刀流の構えをとると倒れた〝喰種《グール》〟にとどめを刺した。その間わずか八秒。

「生身の〝喰種《グール》〟だったようね」

動かなくなった〝喰種《グール》〟を見下ろした安浦は、「さっきまでは」と静かにつけ加えた。

「レディレディレディ――ッ……！」

望元は丸手から手を離し唸《うな》った。解放された丸手は肩を押さえ呻《うめ》く。心霊写真に振り回されたが、結局一番恐ろしいのは命ある生きものではないか。

「……来て……くれたんですね」

そう結論づけようとしたところで、突然、聞き慣れぬ声が響いた。そちらを見ると、テーブルのそばに一人の痩《や》せた女性が立っている。今の今まで誰もいなかったはずなのに。

困惑する丸手に、女性がにこりと笑いかけた。

「〝喰種《グール》〟が住みついて困ってたんです。助かりました、ありがとう……」

女は頭を下げ――そして消えた。

「………」

丸手と望元が目を見開き、女が消えた場所を凝視する。

「……ノオオオオオオオオオオオオオオオオオオオオオッ!!」

我に返った望元が絶叫する。彼は残っていた清めの塩を全て頭から被《かぶ》ると、その場にガクリと膝《ひざ》を突いた。衝撃に耐えかね、床板が割れる。

「も、望元さん、大丈夫すか!」

望元はゆっくりと首を左右に振った。心身ともにダメージを喰らった彼はその場からぴくりとも動けない。

「しかたないわね……。背負《せお》ってあげてくれる？」

「……背負う？」

安浦に言われ、丸手は望元の巨軀《きょく》を改めて見た。おそらく丸手の二倍近くある。しかも今、丸手の肩は望元のせいで壊滅状態だ。

「残していくわけにはいかないでしょう。あなた、Ⅱ課に移ったとしても日頃の鍛錬は怠《おこた》っていないでしょうし、それに……」

一拍あけて、彼女は言う。

「……私は〝喰種《グール》〟を駆逐したけれど、貴方《あなた》は今日どんな仕事をしたのかしら？　丸手特等？」

最前線で戦う喰種《グール》対策Ⅰ課の課長であり、かつての上司である安浦の鋭い眼差《まなざ》し。「塩を用意した」なんてとても言えない。

帰ったらバイクに乗って遠くへ行こう。可能な限り遠い場所に。〝人間〟も〝喰種《グール》〟も〝幽霊〟もいない場所に。

そう思いながら、丸手は塩まみれの望元を背負った。

久々のノベライズということで、お手にとって頂きありがとうございました。

個人的な感想としましては、御影がずっとおもしろかったです。

十和田さんは執筆中、ずいぶん宇宙の夢を見て苦しまれたとか…。
その結果生まれた(?)、
「こういう時は原点に戻って、宇宙の誕生から紐解くべきだ」という言葉は、金言だと思います。

ミズローがシャトーにプリンをとりに行くシーンの才子も好きです。
お前はなぜ家にいるのかと。

懲りずにノベライズを手掛けて下さった十和田さん、ろくごうさん、
j bookさんと、
お付き合い下さる読者の方々にお礼申し上げます。ありがとうございます。

わたくしもこれまで以上にコスモして参りたいと思います。
それでは…。

Sui Ishida 2016.11.26

機会に恵まれまして:reでも“喰種”の世界に触れることができました。

執筆にあたり、自分でバケツプリンを作ったり、

折り紙で連鶴や星を折ったり、画用紙に延々と丸を描いたり、

宇宙について調べた結果コスモにあてられ地球に惑星が衝突する夢を

見たりするなど、とても刺激的な日々を送れました。

石田さんが創り出し、ファンの皆様に愛されているこの世界を

違うことなくお届けできればと願ってやみません。

ありがとうございました。

十和田シン

東京喰種:re
トーキョーグール TOKYO GHOUL:re

Novel [quest]

2016年12月24日　第1刷発行
2017年 1月24日　第2刷発行

● 初　出　　東京喰種:re[quest] 書き下ろし

● 著　者　　石田スイ／十和田シン

● 装　丁　　シマダヒデアキ　本文デザイン・末久知佳(L.S.D.)

● 編集協力　　北奈櫻子

● 担当編集　　六郷祐介

● 発行人　　浅田貴典

● 発行者　　鈴木晴彦

● 発行所　　株式会社 集英社
〒101-8050 東京都千代田区一ツ橋2-5-10
編集部 03-3230-6297
読者係 03-3230-6080
販売部 03-3230-6393(書店用)

● 印刷所　　図書印刷株式会社

Printed in Japan ISBN978-4-08-703411-0 C0093

検印廃止

東京《トーキョー》喰種《グール》【空白】

原作・イラスト　石田スイ
小説　十和田シン

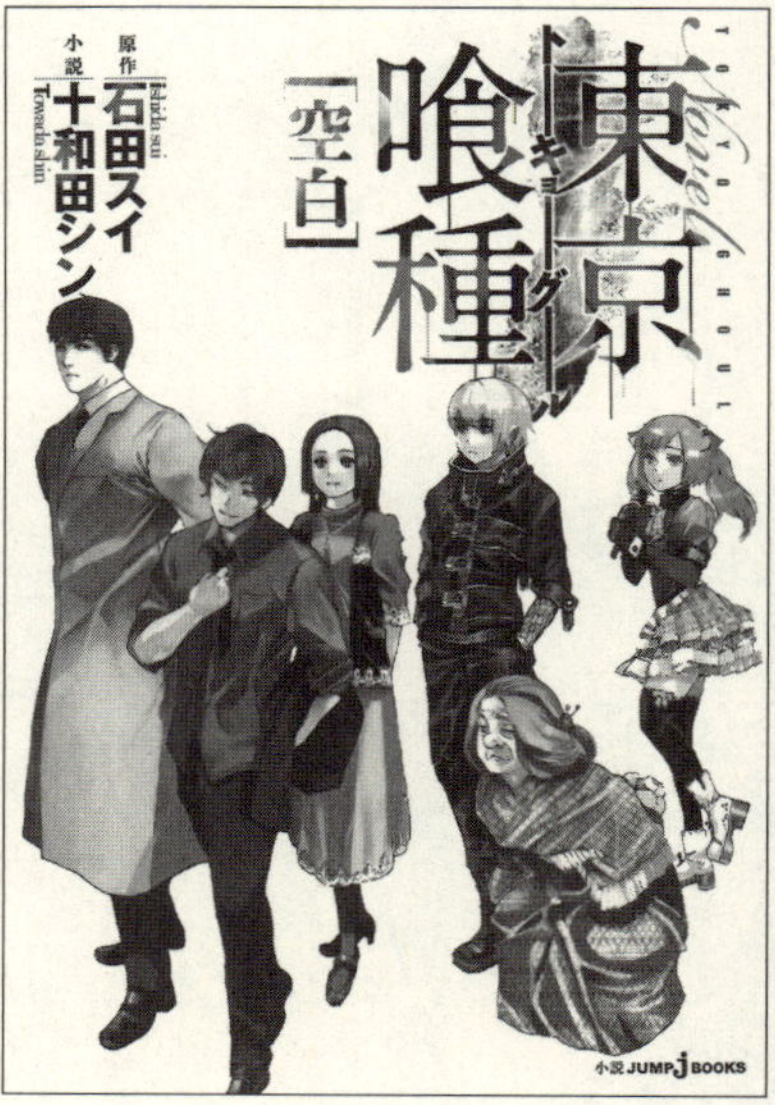

東京《トーキョー》喰種《グール》【昔日】

原作・イラスト　石田スイ
小説　十和田シン

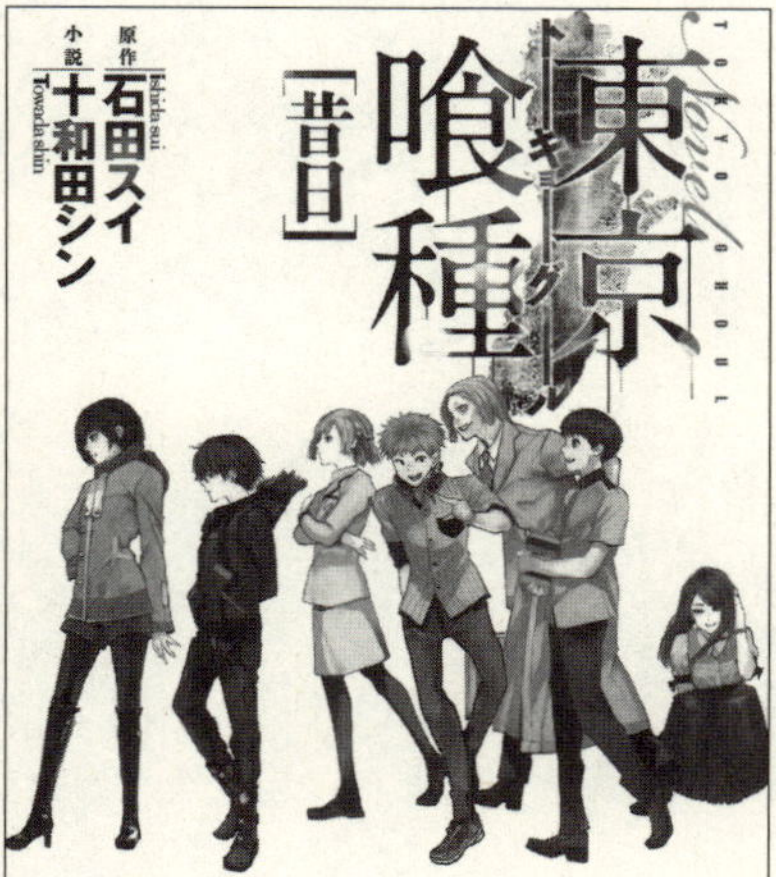

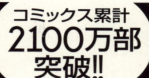

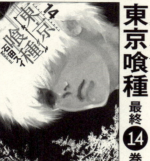

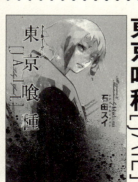

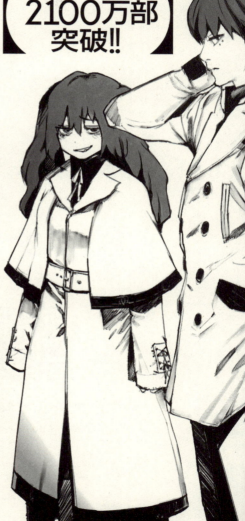

JUMP j BOOKS：http://j-books.shueisha.co.jp/

本書のご意見・ご感想はこちらまで！

http://j-books.shueisha.co.jp/enquete/